Adolf Rosenberg

Terborch und Jan Steen

Adolf Rosenberg

Terborch und Jan Steen

ISBN/EAN: 9783744705837

Hergestellt in Europa, USA, Kanada, Australien, Japan

Cover: Foto ©Raphael Reischuk / pixelio.de

Weitere Bücher finden Sie auf **www.hansebooks.com**

Künstler-Monographien

In Verbindung mit Andern herausgegeben

von

H. Knackfuß

XIX

Terborch und Jan Steen

Bielefeld und Leipzig

Verlag von Velhagen & Klasing

1897

Terborch und Jan Steen

Von

Adolf Rosenberg

Mit 95 Abbildungen nach Gemälden und Zeichnungen

Bielefeld und Leipzig
Verlag von Velhagen & Klasing
1897

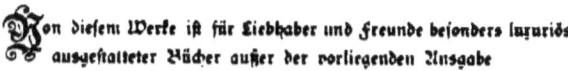Von diesem Werke ist für Liebhaber und Freunde besonders luxuriös ausgestatteter Bücher außer der vorliegenden Ausgabe

eine numerierte Ausgabe

veranstaltet, von der nur 50 Exemplare auf Extra-Kunstdruckpapier gedruckt sind. Jedes Exemplar ist in der Presse sorgfältig numeriert (von 1—50) und in einen reichen Ganzlederband gebunden. Der Preis eines solchen Exemplars beträgt 20 M. Ein Nachdruck dieser Ausgabe, auf welche jede Buchhandlung Bestellungen annimmt, wird nicht veranstaltet.

Die Verlagshandlung.

Druck von Fischer & Wittig in Leipzig.

Gerard Terborch

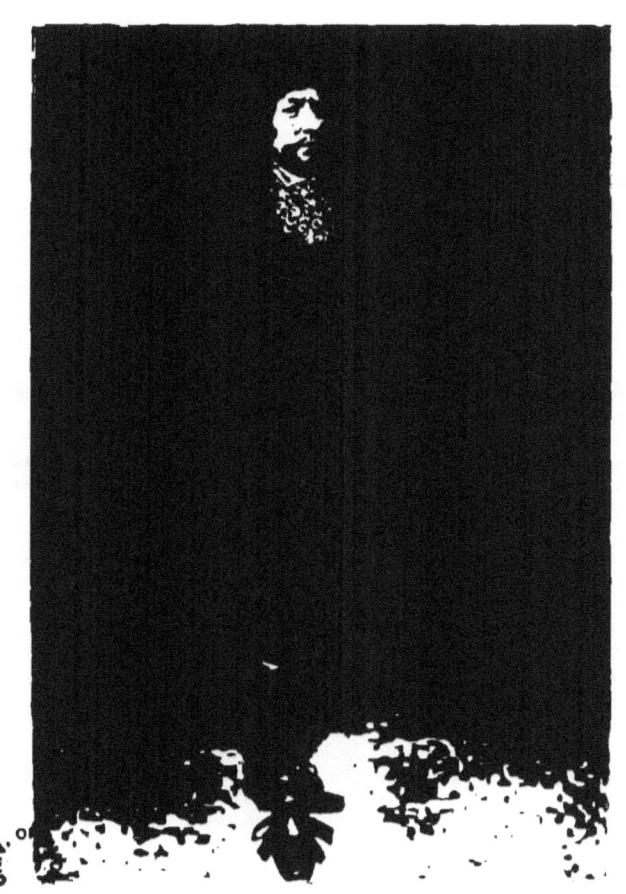

Gerard Terborch. Selbstporträt. In der königl. Gemäldegalerie im Haag.
(Nach einer Photographie von Franz Hanfstängl in München.)

Gerard Terborch.

Von den holländischen Sittenmalern der
Blütezeit, die ihre große Kunst gern
auf kleinen Bildern zeigten, hat keiner in
Teutschland eine so frühzeitige Popularität
erlangt wie Gerard Terborch, den man früher in deutscher Umformung seines Namens
auch Terburg nannte, und keiner hat sich
vor dem verfeinerten Kunstgeschmack unserer
Tage, der seine höchste Befriedigung im
Genusse malerischer Reize sucht, mit glei-
chen Ehren behauptet wie er. In neuester
Zeit, als der Sammeleifer begann, als die
großen, durch jahrhundertelangen Erwerb
erwachsenen Privatgalerien ins Schwanken
gerieten und ihre Schätze auf den Kunst-
markt bringen mußten, hat Terborch sogar
zu dem Ruhme eines großen Genremalers
noch den eines ebenso großen Porträtmalers
gewonnen, den man bis dahin nur aus
den Berichten seiner Zeitgenossen gekannt
hatte.

Einem seiner Meisterwerke hat kein
Geringerer als Goethe ein kleines litte-
rarisches Denkmal gesetzt, indem er einer
novellistisch zugespitzten Darstellung nach
seiner Art eine Teutung zu geben versuchte.
Es handelt sich um das unter dem Namen
„die väterliche Ermahnung" bekannte Bild,
das Goethe nicht im Original, sondern durch
einen Stich von J. G. Wille, vielleicht schon
im Hause seines Vaters kennen und lieben
gelernt hatte. Schon Wille hatte seinen
Stich nach dem von ihm benutzten Gemälde,
das sich 1765, zur Zeit, wo es Wille repro-
duzierte, im Besitze eines Herrn Peters,
„Malers des Herzogs Karl von Lothringen,
Statthalters der Niederlande," befand, die
Unterschrift „L'instruction paternelle" gegeben, und Goethe spricht danach im zwei-

ten Teile der „Wahlverwandtschaften," wo
von den lebenden Bildern die Rede ist, die
Lucianen zu Gefallen arrangiert werden,
von der „sogenannten väterlichen Ermahnung" Terborchs. „Wer kennt nicht den
herrlichen Kupferstich unseres Wille von
diesem Gemälde? Einen Fuß über den anderen geschlagen, sitzt ein edler ritterlicher
Vater und scheint seiner vor ihm stehenden
Tochter ins Gewissen zu reden. Diese, eine
herrliche Gestalt, in faltenreichem, weißem
Atlaskleide, wird zwar nur von hinten gesehen, aber ihr ganzes Wesen scheint anzudeuten, daß sie sich zusammennimmt. Daß jedoch die Ermahnung nicht heftig und be-
schämend sei, sieht man aus der Miene und
Gebärde des Vaters, und was die Mutter betrifft, so scheint diese eine kleine Verlegenheit
zu verbergen, indem sie in ein Glas Wein
blickt, das sie eben auszuschlürfen im Begriff ist." Wenn wir später diese „väterliche Ermahnung" im Zusammenhang mit
den gleichartigen Sittenbildern des Künstlers
betrachten werden, werden wir sehen, wie
weit unser großer Dichter mit seiner geistvollen
Erklärung an Ziele vorbeigeschossen hat.

Immerhin ist seine Erwähnung des
Bildes ein Zeichen für die Hochschätzung,
die man um die Wende des XVIII. Jahrhunderts, also in der Zeit des aufstreben-
den Klassizismus, den vornehmen Schöpfungen des Niederländers entgegenbrachte,
und seine künstlerische Persönlichkeit ist denn
auch über allen Wandlungen des Kunstge-
schmacks lebendig geblieben bis in unsere
Zeit, der ein glücklicher Zufall auch einen
Einblick in sein Werden und Wachsen, in
die erste Zeit seines Lebens und Schaffens
unter der Obhut eines zärtlichen Vaters

1*

Abb. 1. Offiziere auf dem Eise. Zeichnung von 1635 im Kupferstichkabinett der königl. Museen. Nach dem „Jahrbuch der königl. preußischen Kunstsammlungen."*)

gewährt hat. In der kleinen holländischen Stadt Zwolle, dem Stammsitz der Familie Terborch, hat sich noch ihre Nachkommenschaft erhalten, und in ihr hat sich ein seltener Schatz von Dokumenten und Zeichnungen vererbt, der von einer Generation in treuer Pietät der anderen anvertraut worden ist. Schon in den dreißiger Jahren dieses Jahrhunderts hatte ein englischer Kunstforscher eine unbestimmte Kunde von diesem Schatz, aber die von ihm angegebene Spur ist nicht verfolgt worden, bis sie endlich unser Zeitalter der Eisenbahnen und Lokalausstellungen wieder eröffnet hat. Als der holländische Kunstgelehrte Abraham Bredius im Jahre 1882 eine Ausstellung von Provinzialaltertümern in Zwolle besuchte, lernte er dort in einem Herrn L. T. Zebinden den damaligen Besitzer des Schatzes der Familie Terborch kennen, der Herr Zebinden selbst nach seiner Abstammung angehörte. Schon eine flüchtige Durchmu

sterung ergab einen Bestand von etwa 1200 Zeichnungen und einer Fülle von Schriftstücken, die nicht allein über das berühmteste Mitglied der Familie, sondern auch über den Vater, die Brüder und die Schwestern eingehende, aus der Tiefe eines liebenden Herzens geschöpfte Auskunft geben. Später ist dieser Schatz geordnet und durchgeprüft worden, und daraus hat sich ergeben, daß fast alle Mitglieder der Familie die Kunst übten und daß Gesina Terborch, die einzige unverheiratet gebliebene Tochter, die eifrigste Pflegerin des Familiensinnes und in späteren Jahren auch die Hüterin des Familienschatzes war. Das erste, was uns aus dieser Sammlung entgegentritt, ist die Thatsache, daß unter fünf Künstlern dieser Familie nur einer ein wirklicher, zugleich ein großer war Gerard Terborch der jüngere. Sein Vater war nur mäßig begabt, fremden Einflüssen leicht zugänglich. Der eine seiner Brüder ist gestorben, bevor er seine vielversprechenden Fähigkeiten ausgestalten konnte, der andere war ein schwacher Dilettant, und weiter hat es auch Gesina Terborch, das „Geestken," nicht gebracht, zumal da sie neben der Malerei noch die Kunst des Versemachens betrieb. Bis zum Jahre 1556 blieb die Sammlung ungeteilt. Nach dem Tode des Herrn Zebinden wurde sie jedoch auf Antrag seiner Erben versteigert. Glücklicherweise blieb der größte Teil des Schatzes, dank der Opferwilligkeit der Rembrandtgesellschaft, dem Lande erhalten, und gegenwärtig befindet er sich in der sicheren Hut des Reichsmuseums in Amsterdam.

Einem der Gedichte Gesinas in der Terborchsammlung verdanken wir auch die Angabe, daß ihr Bruder Gerard im Jahre 1617 zu Zwolle geboren worden ist, wo seine Familie seit Jahrhunderten ansässig war. Sie war eine der ersten der Stadt, von deren Wohlstand im XV., XVI. und XVII. Jahrhundert noch heute gar stattliche Bauwerke in gotischem und Renaissance stil und prächtiges Schnitzwerk in Kirchen und im Rathause Zeugnis ablegt. Nicht weit von der Zuidersee an einem das „Zwarte Wasser" (das schwarze Wasser) genannten Flüßchen gelegen, hatte Zwolle nur mit dem noch näher zur See gelegenen Kampen eine starke Rivalität zu bestehen, die sich, der Sage nach, bisweilen durch die Kunst, in Form von Karikaturen gegen die Kampener Ratsherren, Luft machte. Trotzdem muß Zwolle eine blühende, erwerbsreiche Stadt gewesen sein; denn eines der einträglichsten Ämter in diesem Gemeinwesen war das eines Steuereinnehmers, das Hermann Terborch, der Vater Gerard Terborchs des älteren, bekleidete und das er später auf diesen seinen Sohn vererbte. Er war als das zweite Kind Hermanns 1584 geboren worden, erhielt aber, trotz des elterlichen Kindersegens, eine sorgfältige Erziehung und war sogar mit klassischer Bildung ausgerüstet, als er sich 1602 auf Reisen begab. Zeichnen und Malen hatte er auch gelernt, und so durchzog er als Maler

Abb. 1. Die Konsultation. Im königl. Museum zu Berlin.
(Nach einer Photographie von Franz Hanfstängl in München.)

Deutſchland, Italien und Frankreich, was uns durch eine Reihe flotter Zeichnungen bezeugt wird, die ſich in der von Geſina gegründeten Terborchſammlung befinden. Dieſe Zeichnungen beweiſen, daß er unter anderem auch in Bordeaux geweſen iſt, wo er das ſogenannte „Palais Gallien," den Reſt eines römiſchen Amphitheaters, ſkizzierte. Auch in Rom, wo er manche Jahre blieb, hielt er ſich an die altrömiſchen Denkmäler. Wir finden unter ſeinen Zeichnungen den Titusbogen, das Koloſſeum, die Thermen des Antonius (von 1609 datiert), aber auch Landſchaften aus den römiſchen Villen und der Campagna. Aus den Zeichnungen,

die er bei ſeiner Rückkehr in die Heimat mitbrachte, erſehen wir ferner, daß er ſich in Rom beſonders im Kreiſe der Landſchaftsmaler bewegt hat, deren Mittelpunkt Adam Elsheimer und Pieter Laſtmann waren. In dieſem Kreiſe verkehrte um dieſelbe Zeit auch Peter Paul Rubens, der von Elsheimer die Kunſt des Radierens lernte, und in dieſer Kunſt verſuchte ſich auch ſpäter Gerard Terborch der ältere. Er hat ſogar eine kurze Anleitung dazu verfaßt, die in der Terborchſammlung aufbewahrt worden iſt.

Daß es in dieſem Künſtlerkreiſe nicht bloß ſehr luſtig, ſondern, nach allzu heftigen

Abb. 3. Knabe mit Hund. (In der königl. Pinakothek zu München.
Nach einer Photographie von Franz Hanfſtängl in München.)

Abb. 4. Die Familie des Schleifers. Im königl. Museum zu Berlin.
(Nach einer Photographie von Franz Hanfstängl in München.)

Trankopfern, auch lebensgefährlich zuging, erfahren wir aus einem seltsamen Dokument, aus einem - - modern ausgedrückt po- lizeilichen Protokoll vom 18. April 1608, worin ein gewisser Flamländer, Namens „Gerardo Tarburgo," Klage erhebt, weil er am 9. März, während eines starken Trinkgelages in dem Albergo zur „Sau," dreimal von einem seiner Kneipbrüder mit einer Gabel in den Kopf gestochen worden sei. Es war der Vater unseres Gerard Terborch, und er hat in seiner Klage sicherlich nicht zu stark aufgetragen; denn schon im Anfang des XVII. Jahrhunderts ging es in der in Rom bestehenden Vereinigung niederländischer Maler, in der „Schilderbent," sehr roh und unbändig zu, und da diese Übelstände schließlich in Totschlag und Mord ausar- teten, sah sich Papst Clemens XI gezwun- gen, im Jahre 1720 den Verein bei strenger Strafe zu verbieten. Die drei Gabelstiche scheinen übrigens dem dicken Kopfe Terborchs nicht viel geschadet zu haben. Er ging von Rom nach Neapel, berauschte sich dort an den Herrlichkeiten des Vesuvs, den er von mehreren Seiten aufnahm, und faßte auch 1611 den kühnen Plan, mit dem Vice- könig von Neapel, Don Juan de Casteria, nach Spanien zu gehen, um dort seine Welt- und Menschenkenntnis, vielleicht auch seine Kenntnis seiner Weine zu bereichern. Er hatte auch zwei Gemälde, die einzigen von seiner Hand, von denen wir etwas Genaueres erfahren, auf das Schiff seines hohen Gönners gebracht: zwei bunte Hühner mit Früchten und eine Landschaft mit zwei Figuren. Er wollte sie in Spanien ver- laufen; aber das Schicksal und der nea-

Abb. 5. Gertruida Matthüllen, die Gattin Terborchs.
Im Reichsmuseum zu Amsterdam.
(Nach einer Originalphotographie von Braun, Clément & Cie. in Dornach i. E., Paris und New York.)

politanische Wein hatten es anders gewollt. Bei einer fröhlichen Abschiedsfeier, die er mit seinen Landsleuten in Neapel beging, verspätete er sich, und die nach Spanien bestimmten Schiffe segelten ohne ihn ab. Nach dieser Katastrophe hielt er sich nicht mehr lange in Italien auf. Schon im Jahre 1612 scheint er wieder in Zwolle gewesen zu sein, denn das nächste Zeugnis, das von seinem weiteren Leben redet, ist bereits eine Heiratsurkunde. Am 28. März 1613 vermählte er sich mit Anna Byslens, einem aus Antwerpen stammenden Mädchen, der Mutter des berühmten Gerard Terborch. Der Vater Gerard mag zu seiner Kunst nicht viel Vertrauen gehabt haben; denn

es zog es vor, das väterliche Amt des Steuereinnehmers, das nach damaligem Branch vererbt werden konnte, zu übernehmen. Die Kunst betrieb er fortan nur in seinen Mußestunden, und die zahlreichen Zeichnungen, die er hinterlassen hat, meist biblische und mythologische Darstellungen, rufen nicht das geringste Bedauern darüber hervor, daß er der Kunst nur noch zu seinem Privatvergnügen und zur Ermunterung für seine Kinder gedient hat. Diese scheinen seine Hauptsorge gewesen zu sein, da ihre Zahl allmählich auf zwölf stieg. Gerard Terborch heiratete dreimal. Aus seiner ersten Ehe entsproß noch ein Sohn, Namens Hermann, der ebenfalls künstlerisches Talent besaß

Abb. 6. Selbstporträt. Im Reichsmuseum zu Amsterdam.
(Nach einer Originalphotographie von Braun, Clément & Cie. in Dornach i. E., Paris und New York.)

und anfangs auch vielversprechende Proben davon ablegte. Später verlor er sich aber, wie seine Zeichnungen im Familienalbum beweisen, in eine rohe Manier, und sein Vater scheint auch eingesehen zu haben, daß sich Hermann nicht zum Künstler eigne; denn er übertrug ihm, ein Jahr vor seinem am 20. April 1662 erfolgten Tode, sein Steuererheberamt. Von der zweiten Frau des alten Gerard Terborch ist nichts Näheres bekannt geworden. Zum drittenmale vermählte er sich am 13. September 1628 mit einer Witwe Luise Rondewyn aus Deventer, und dieser dritten Ehe entsprossen die Tochter Gesina und ein Sohn Namens Moses, der, gleich seinem älteren Bruder Gerard, wirkliche künstlerische Begabung gehabt zu haben scheint. Aber über diesen beiden Sprößlingen des alten Terborch hat ein tragisches Schicksal gewaltet. Gesina verlobte sich als achtzehnjähriges Mädchen mit einem jungen Manne, dem sie von Herzen zugethan war. Auf einer Zeichnung vom Jahre 1661 hat sie sich selbst dargestellt, wie sie die Anfangsbuchstaben des Namens ihres Geliebten — er hieß Hendrik Jordis — in die Rinde eines Baumes schneidet, und unter die Zeichnung schrieb sie in französischer Sprache: „Hoch lebe das Herz, das mein Herz liebt!" Die jungen Holländerinnen, die gewöhnlich als ein Ausbund von Phlegma und Herzenskälte gelten, sind also vor zweihundert Jahren ebenso empfindsam gewesen wie die noch unverdorbenen und

Abb. 7. Der Separatstreben zwischen Spanien und Holland zu München am 13. Mai 1848. In der Nationalgalerie zu London. (Nach einer Originalphotographie von Braun, Clément & Cie. in Dornach i. E., Paris und New York.)

nicht blasierten Mädchen von heute. Gesina sollte sich aber nicht lange ihres Glückes
freuen. Ihr Bräutigam wurde plötzlich
wahnsinnig, und sie mußte ihn schweren
Herzens aufgeben. Eine andere Zeichnung
des Albums zeigt ihren Verlobten, wie er
sich zum Entsetzen der Vorübergehenden anschickt, auf seinem Pferde in die St. Michaelskirche von Zwolle hineinzureiten! Gesina blieb unvermählt und widmete sich
fortan dem Kultus der Familie. Auch in
den Kindern ihrer Brüder und Schwestern
suchte sie den Kunsttrieb der Familie weiter-
zupflegen, indem sie den kleinen Mädchen
Zeichenunterricht gab, und als sie am 16. April
1690 im Alter von 57 Jahren starb, war
keines ihrer Geschwister mehr am Leben.

Moses Terborch widmete sich mit Ernst
dem künstlerischen Beruf. Auskunft über seinen Entwickelungsgang gibt zunächst das Al-
bum, dann aber auch mehrere Zeichnungen,
die sich in öffentlichen Sammlungen erhalten
haben und oft mit denen seines Bruders Gerard verwechselt worden sind. Anfangs schloß
er sich, wie sein Vater, an den Landschaftsmaler Pieter Lastmann, den Lehrer Rembrandts, und an diejenigen holländischen
Maler an, die die italienische Manier in die
Heimat und damit in die Physiognomie der
heimischen Malerei den unerfreulichsten Zug
gebracht haben. Als Moses aber, um in
seiner Kunst vorwärts zu kommen, nach Amsterdam ging, trat unter dem gewaltigen
Eindruck, den Rembrandts Werke auf ihn

Abb. 8. Die Depesche. In der königl. Gemäldegalerie im Haag.
(Nach einer Photographie von Franz Hanfstängl in München.)

machten, ein vollständiger Umschwung in seinem Schaffen ein. Besonders waren es die Radierungen Rembrandts, die er in sorgsamer Weise nachbildete, und in seinen eigenen Schöpfungen strebte er nach den Wirkungen des Helldunkels. Aber diese verheißungsvolle Entwickelung wurde jählings unterbrochen. Als der zweite Seekrieg der holländischen Republik gegen die Engländer wütete, erwachte Thatendurst in dem jungen Künstler. Er trat als Offizier in die holländische Flotte, aber seine militärische Laufbahn war nur kurz. Bei einem Seegefecht auf der Themse gegenüber von Harwich erhielt er am 12. Juli 1667, also wenige Tage vor dem Friedensschluß in Breda, zwei tödliche Wunden am Kopf und in der Brust.

Inzwischen hatte Gerard Terborch es schon zu hohem Ruhme und angesehener bürgerlicher Stellung gebracht. Unter der Obhut seines Vaters, der mit Stolz die ersten Schritte des jugendlichen Genius leitete und förderte, hatte sich sein Talent sehr schnell entwickelt. In dem Familienalbum finden wir die ersten Regungen seines künstlerischen Triebes, die der Vater sorgsam aufbewahrt hat. Die erste dieser Zeichnungen, die einen vom Rücken gesehenen Herrn in vornehmer Tracht darstellt, trägt die Jahreszahl 1625 mit dem Zusatz „G. T. Borch de Jonge." Gerard war damals also erst acht Jahre alt, und wenn diese Zeichnung natürlich nur ein unbeholfener Versuch ist, so zeigt sie doch, daß der junge Terborch frühzeitig die Augen öffnete und das, was er sah, mit kindlichem Eifer nachzuahmen suchte. Auf einer zweiten Zeichnung, die ebenfalls eine männliche Figur darstellt, hat der Vater selbst geschrieben: „Mein Gerard hat diese Zeichnung nach der Natur in Zwolle am 24. April 1626

Abb. 9. Der Briefunterricht. Im Louvre zu Paris.
(Nach einer Originalphotographie von Braun, Clément & Cie. in Dornach i. E., Paris und New York.)

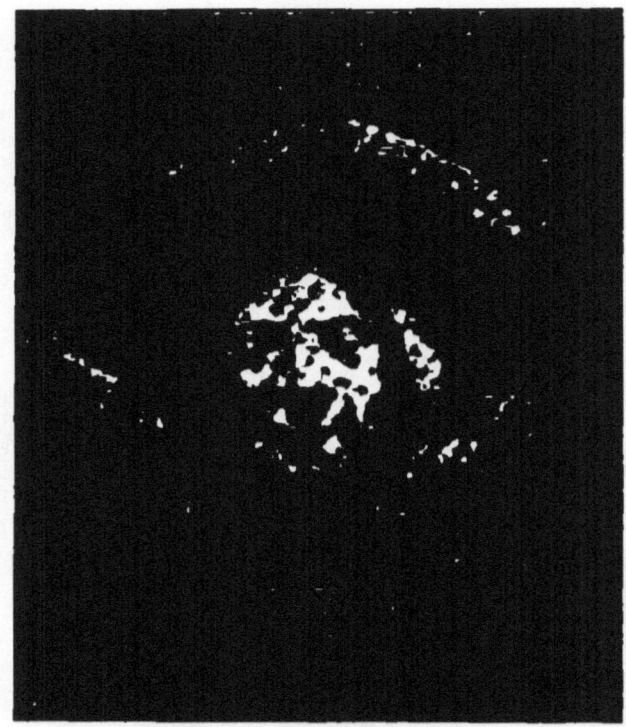

Abb. 10. Jan Jabus. Zeichnung in der Albertina zu Wien.
(Nach einer Originalphotographie von Braun, Clément & Cie. in Dornach i. E., Paris und New York.)

gemacht." Aber schon im nächsten Jahre, vermutlich nachdem ihn der Alte ernstlich in die Schule genommen, brachte der junge Terborch der akademischen Richtung seiner Zeit einen Tribut dar, indem er eine Judith zeichnete, die sich anschickt, den Kopf des Holofernes in den Sack zu stecken, den ihr ihre Magd reicht. Es war, soweit unsere Kenntnis reicht, das einzige Mal, daß sich Terborch von der Natur ablehrte. Eine Zeichnung vom Jahre 1628 stellt wieder eine Scene nach dem Leben dar, eine Gesellschaft von drei Paaren, die sich um einen runden Tisch zur Mahlzeit niedergelassen haben. Wenn die Zeichnung auch noch etwas unsicher ist und mehr andeutet als ins Detail geht, so verrät sie doch schon einen künstlerischen Zug, eine Leichtigkeit der Auffassung, die die Schaffenslust des

Knaben schon in wenigen Jahren zu einer umfangreichen Produktion steigerte. Wie die Menge der im Familienalbum und in mehreren öffentlichen und Privatsammlungen erhaltenen Zeichnungen beweist, hielt sich Terborch immer an die Natur. Es sind Studien nach Pferden, Soldaten, Offizieren, Marktscenen, vornehmlich aber Darstellungen von Schlittschuhläufern, die sich auf den Wallgräben von Zwolle belustigen. Zwei dieser Eislaufscenen tragen die Daten des 29. und 31. Januar 1631. Solche Darstellungen waren die Specialität des Malers Hendrik Avercamp, der seit etwa 1625 in Kampen lebte und dort unter dem Namen „der Stumme von Kampen" bekannt war. Wie urkundlich erwiesen ist, litt er wirklich an diesem Gebrechen. Trotzdem verkehrte er, wie aus dem Familienalbum

Abb. 11. Die väterliche Ermahnung Im Reichsmuseum zu Amsterdam.
(Nach einer Photographie von Franz Hanfstängl in München.)

hervorgeht, mit dem alten Terborch, und es ist wahrscheinlich, daß sein Beispiel den jungen Terborch zu ähnlichen Darstellungen ermuntert hat, die auch in der Auffassung und in zeichnerischer Behandlung mit den Arbeiten Avercamps verwandt sind. Mit Malern hat der junge Terborch jedenfalls verkehrt; denn unter seinen Zeichnungen aus seiner Knabenzeit finden wir auch eine vom 13. Juni 1631 datierte, welche das Atelier eines Malers mit drei Figuren darstellt, den der junge Terborch also an je nem Tage besucht haben muß.

Allmählich machte er auch Studienausflüge in die Umgebung der Stadt und auf das Land, nachdem er schon vorher die Befestigungen Zwolles mit ihren Wällen, Türmen und Thoren gezeichnet hatte. In der Familiensammlung befand sich auch ein kleines Skizzenbuch, worin Terborch eine Fülle solcher mit der Feder gezeichneten Naturstudien nach Bauernhütten, Gehöften, Ställen, Heuschobern, Kühen, Pferden und dergleichen mehr gesammelt hat. Bald drängte

sich jedoch ihm oder dem Vater die Überzeugung auf, daß er in Zwolle nichts mehr lernen konnte, und er begab sich zunächst nach Amsterdam, wo er sich, wie ein datierter Studienkopf beweist, im Jahre 1632 aufhielt. Vermutlich nur kurze Zeit; denn schon 1633 begab er sich nach Haarlem, wo um den alten Frans Hals eine vielseitige Malerschule blühte. Dort schloß er sich aber nicht an Frans Hals oder einen der jüngeren Genremaler an, sondern er trat in die Werkstatt des Peter Molyn, der zwar auch das Genre pflegte, aber seinen Schwerpunkt in der Landschaftsmalerei hatte. Vermutlich glaubte der alte Terborch, daß sein Sohn eine entschiedene Begabung für die Landschaftsmalerei besäße, wobei natürlich auch die Figurenmalerei betrieben werden mußte, da man es damals liebte, die Landschaften mit zahlreichen, in bewegter Aktion zusammengefaßten Figuren zu beleben. Zunächst setzte der junge Terborch auch seine bisherige Art zu zeichnen fort, freilich sehr bald in der Auffassung Molyns, die er sich

Abb. 12. Die väterliche Ermahnung. Im königl. Museum zu Berlin.
(Nach einer Photographie von Franz Hanfstängl in München.)

überraschend schnell zu eigen machte, so schnell, daß man die rapide Entwickelung des nunmehr sechzehnjährigen Künstlers kaum noch im einzelnen verfolgen kann. Während Terborch fortfuhr, das obenerwähnte Skizzenbuch mit Zeichnungen zu füllen, deren Motive nunmehr der Umgebung von Haarlem entnommen wurden, kam er auch auf seine alte Liebhaberei zurück, Schlittschuhläufer auf gefrorenen Gräben und Kanälen in ihrer heiteren Lust darzustellen. Eine Zeichnung dieser Art, in der sich auch bereits ein im allgemeinen der Jugend fremder, harmloser Humor ausspricht, trägt das Datum des 23. Januar 1634, eine zweite, die sich im Berliner Kupferstichkabinett befindet, ist vom 24. November 1633 datiert. Diese, eine leicht mit bunten Wasserfarben angetuschte Federzeichnung, ist ein Zeugnis staunenswerter Frühreise. Im Vorder-

grunde, auf erhöhtem Ufer, steht ein Offizier, der dem Beschauer den Rücken zuwendet. Er sieht dem fröhlichen Getümmel der Eisläufer und Schlittenfahrer unter ihm zu. In der Perspektive läßt die Zeichnung noch manches zu wünschen übrig. Aber die Figuren zittern förmlich von Leben und Bewegung, trotz der flüchtigen Umrisse, die ihnen die flinke Zeichenfeder des Jünglings gewährt hat (Abb. 1).

Andere Zeichnungen aus dieser Zeit stellen Marktscenen aus Haarlem mit einem Blick auf die Kirche St. Bavon und das Rathaus, Bauwerke aus der Umgebung von Haarlem und dergleichen mehr dar. Terborch hat übrigens mit seinem Meister Peter Molyn in so enger Verbindung gestanden, daß dieser ihm eine Anzahl von Zeichnungen schenkte, die später dem Familienschatze einverleibt worden sind. In die Lukasgilde der Stadt

Abb. 13. Cllipier, einem Mädchen Geld anbietend. Im Louvre zu Paris.
Nach einer Originalphotographie von Braun, Clément & Cie. in Dornach i. E., Paris und New York.

Abb. 11. Das Glas Limonade. In der Ermitage zu St. Petersburg.
Originalphotographie von Braun, Clément & Cie. in Dornach i. E., Paris und New York.)

Abb. 15. Das Glas Wein. Im Buckingbampalast zu London.
(Nach einer Originalphotographie von Braun, Clément & Cie. in Dornach in U., Paris und New York.

Haarlem ist Terborch nicht aufgenommen worden, vermutlich wegen seiner Jugend, die ihm das Recht der Freimeisterschaft nach den strengen Satzungen der niederländischen Malergilden nicht gestattet hätte. Aber sein Name ist trotzdem in eine Liste verzeichnet worden, die der Maler L. van der Vinne im Jahre 1635 angestellt hat, um alle damals in Haarlem thätigen Maler zu verzeichnen.

Gerard Terborch hatte um diese Zeit bereits angefangen, in Öl zu malen, aber nicht in der Art seines Lehrmeisters Molyn und auch nicht im Anschluß an seine eigene frühere Art. Die protestantischen Niederlande, die sich von den spanischen losgerissen hatten, standen unter dem Zeichen des Kriegshandwerks, und da sich damals lustige Krieger und lustige Maler weit besser verstanden, als in unseren frostigen Tagen den Rang und Standesunterschiede, lebten, zechten und liebten sie zusammen. Oft kam es auch vor, daß ein Maler Kriegsmann oder Seemann wurde, und ein des Kriegshandwerks müde gewordener Soldat ließ sich in irgend einer Stadt als Maler nieder. Dieser Zeitströmung schloß sich auch der junge Terborch mit voller Begeisterung an. Freilich hat er, obwohl er später Gelegenheit fand, etwas vom dreißig jährigen Kriege und von den Kriegen, die die holländische Republik gegen England und Frankreich führte, mitanzusehen, niemals kriegerische Episoden dargestellt. Er

Abb. 16. Die Weintrinkerin. In den Uffizien zu Florenz.
(Nach einer Originalphotographie von Braun, Clément & Cie. in Dornach i. E., Paris und New York.)

spiegelte gleichsam nur die äußersten Wellen wieder, die die Kriegsflut in die holländischen Städte und Städtchen warf. „Er ward," wie Lemcke in seiner Charakteristik des Künstlers treffend sagt, „der König des Kabinettstückes, der Herrscher im Reich des Gesellschaftszimmers jener Tage. Wo das Atlaskleid, der Degen und Federhut eine Rolle spielen, da ist seine Welt. Auch die halbe Welt, die zu dieser gehört, nimmt er mit. Weiter nach unten versteigt er sich nur ausnahmsweise." Letzteres geschah besonders im Anfang seiner Laufbahn. Als sein frühestes, uns erhaltenes Bild sind nach den Forschungen Bodes, der den künstlerischen Entwickelungsgang Terborchs zuerst kritisch festgestellt hat, die „Triktrakspieler" in der Kunsthalle zu Bremen anzusehen, die zwar Offiziere darstellen, aber nicht im Salon, im behaglichen Konversationszimmer, sondern in einem öden, wachtstubenartigen Raum. An einem Tische im Vordergrunde sitzen zwei junge Offiziere beim Brettspiel. Ein dritter, der an dem Tische steht, und ein vierter, der hinter dem Tische raucht, sehen dem Spiele zu. Auf der linken Seite sitzt am Kamin ein fünfter Offizier und plaudert mit einem Mädchen. An der Wand des Zimmers hängt eine Landkarte und darunter ein Mantel und Degen. Ein anderer Mantel und Degen hängt vorn über einem Stuhle. Eng verwandt mit diesem Bilde sind drei leicht getuschte Federzeichnungen im Braunschweiger Museum, die ebenfalls Soldaten in Wachträumen vor Kaminen stehend oder mit ihrer Toilette beschäftigt oder Karten spielend darstellen. Jenes Bild sowohl wie diese Zeichnungen zeigen deutlich die Art der Haarlemer Soldatenmaler, die zur Schule des alten Frans Hals gehören, und den Einfluß dieses Altmeisters selbst erkennt man auf dem ersten datierten Bilde, das wir von Terborchs Hand besitzen, auf der „Konsultation" von 1635 im Berliner Museum (Abb. 2). Die Scene, ein Lieblingsgegenstand der vlämischen wie der hollän-

2*

Abb. 17. Der Liebesbrief. In der Münchener Pinakothek.
(Nach einer Photographie von Franz Hanfstängl in München.)

Abb. 14. Der briefschreibende Offizier. In der königl. Galerie zu Dresden
(Nach einer Photographie von Franz Hanfstängl in München.)

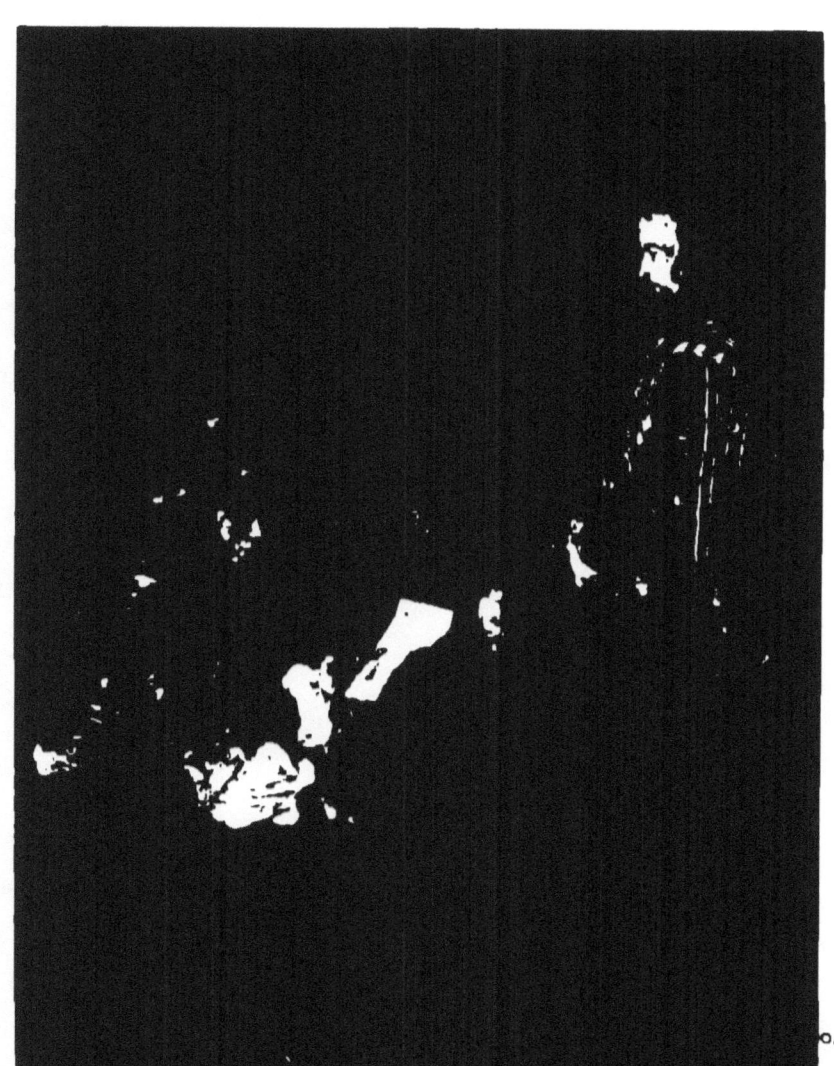

Abb. 19. Der briefſeſende Offizier. Jn der königl. Galerie zu Dresden.
Nach einer Photographie von Franz Hanfſtängl in München.)

Abb. 30. Eine Dame in ihrem Gemach. (In der königl. Galerie zu Dresden.
Nach einer Photographie von Franz Hanfstängl in München.

dischen Genremaler, bedarf keiner Erläuterung. Der Patient, dem der Arzt seine Unter- suchung widmet, scheint der junge Mann zu sein, der, ganz links, kaum sichtbar, in einen weiten Mantel gehüllt an dem Ka- mine sitzt, nicht die Alte, die, eine irdene Schüssel in den Händen, mit Spannung auf das Urteil des Arztes wartet. Auf dem Tische, auf den der alte Äskulap seinen Arm stützt, ist sein ganzer gelehrter Appa- rat ausgebreitet: ein Totenkopf, ein Stun- denglas, Bücher, Schriften, eine Laterne und dergleichen mehr, und über dem Tische sieht man in einer Nische eine mächtige Flasche, die vielleicht die Universalmixtur des Arztes enthält. Das Ganze ist in einem schwärzlichgrauen Gesamtton gehalten, in

dem alle Lokalfarben verschwinden, und selbst das mit besonderer Liebe behandelte „Still- leben" auf dem Tische zeigt nur graue und braune Töne. Solche Stillleben wurden in der Schule des Frans Hals besonders gepflegt, unter anderen auch durch einen seiner Söhne. Auf Grund dieses Bildes schreibt Bode dieser Haarlemer Jugendperiode Terborchs noch einige andere Bilder zu, so z. B. den Knaben, der seinen Hund von Un- geziefer befreit (in der Münchener Pina- kothek, Abb. 3) und die Familie des Scheren- schleifers vor ihrer verfallenen Hütte, wo die Frau ihrem Töchterchen dieselbe Wohl- that angedeihen läßt wie der Knabe seinem Hunde (im Berliner Museum, Abb. 4).

Terborchs Aufenthalt in Haarlem dauerte

Abb. 2. Die Weinprobe. Im Städelschen Institut zu Frankfurt a. M.
(Nach einer Originalphotographie von Braun, Clément & Cie. in Dornach i. E., Paris und New York.)

Abb. 22. Das Konzert. Im Louvre zu Paris.
(Nach einer Originalphotographie von Braun, Clément & Cie. in Dornach i. E., Paris und New York.)

nur bis gegen die Mitte des Jahres 1635.
Er faßte plötzlich — wir wissen nicht,
durch welche Umstände bewogen — den
kühnen Entschluß, nach London zu gehen.
Wollte er dort sein Glück am Hofe des
kunstliebenden Königs Karls I machen, der
seine Gunst mit besonderer Vorliebe den
Malern niederländischer Herkunft zuwandte,
oder hat ihn vielleicht sein Lehrmeister Pieter
Molyn darauf gebracht, der nach der Überlieferung in London geboren sein soll?
Wir vermögen darauf keine Antwort zu
geben, sondern nur die Thatsache seines
Aufenthaltes in England durch einen Brief
seines Vaters zu beglaubigen, der sich in
den Familienpapieren in einem Umschlag
befand, auf dem, ebenfalls von der Hand
des alten Terborch, zu lesen war: „Diese
sind Briefe, die mein Sohn Gerrit von
mir erhielt und wieder mitgebracht hat."
In dem Umschlage fand sich leider aber
nur ein einziger, aus Zwolle vom 3. Juli
1635 datierter Brief, der folgendermaßen
lautet: „Liebes Kind! Ich schicke Dir den
‚Leeman‘ (Mannequin, Gliederpuppe), aber
ohne Untersatz, weil er zu groß und zu schwer

für den Koffer werden würde, und für ein geringes Geld kannst Du Dir einen dazu machen lassen. Benutze ihn und laß ihn nicht stille stehen wie hier, sondern zeichne fleißig, besonders große, bewegte Gruppen, wie Du sie mitgenommen und weshalb fängst, wird Dir in Gottes Namen wohl gelingen, wie früher auch jetzt so. Diene darum vor allem Gott, sei höflich und bescheiden gegen jedermann, so wird es Dir gut gehen. Ich schickte Dir auch Dein Kleid, Strumpfbänder, Schuhe, Schnür-

Abb. 23. Der Bote vom Lande. In der Ermitage zu St. Petersburg.
(Nach einer Originalphotographie von Braun, Clément & Cie. in Dornach i. E., Paris und New York.)

Pieter Molyn Dich stets so gern hatte. Und wenn Du malst, mache etwas Modernes (Konversationsstück?), das geht am schnellsten. Bewahre auch die Schönheit und Frische des Kolorits, damit Deine Farbe beim Trocknen harmonisch wird. Dann wirst Du mit Gottes Hilfe viel geliebt werden, wie Du es auch in Haarlem und Amsterdam warst. Was Du in Gottes Namen an bänder, ein Hutband, sechs Vorhemden, sechs Taschentücher und zwei Mützen. Führe Buch über Deine Wäsche, damit Du nichts verlierst. Ich schicke Dir auch einen Behälter mit neun langen Pinseln, zwei Buch Papier, schwarze Kreide und alle schönen Farben, auch sechs von Mathams Feder. Matham war ein Zeichner und Kupferstecher in Haarlem, dessen Federzeichnungen

sehr geschätzt waren). Solltest Du sonst
etwas von nöten haben, so schreibe es,
ich werde es Dir schicken. Deine Mutter
Baters, der die Schritte und Handlungen
eines gut gearteten Sohnes auch in der
Ferne zu leiten sucht und über seiner

Abb. 14. Die Musikstunde. Im Louvre zu Paris
(Nach einer Originalphotographie von Braun, Clément & Cie. in Dornach i. E., Paris und New York.)

und die Kinder, Cousin Berent und Jan
ter Borch grüßen Dich. Engbert, alle
guten Freunde und der Onkel Robert schließen sich an. Dein Dir zugethaner Bater
Gerhard Ter Borch."

Dieser Brief ist ein wahrhaft rührendes
Zeugnis der Sorge eines zärtlich liebenden

weiteren künstlerischen Entwickelung wacht.
Trotzdem daß er mit gerechtem Stolze auf
die schnellen Fortschritte des Sohnes blicken
darf, ist sein Auge nicht blind gegen dessen
Schwächen, die vornehmlich einer zu schnellen Produktion entspringen. Was und wie-
viel der junge Terborch in England gemalt

hat, wissen wir nicht; denn wir verlieren ihn und seine Thätigkeit bis zum Jahre 1638 aus den Augen. Diese Jahreszahl grauen Gesamtton ausgezeichnet. Aber die koloristische Behandlung zeigt bereits eine vollkommene Sicherheit, einen markigen und

Abb. 25. Die Lautenspielerin. In der Gemäldegalerie zu Kassel.
(Nach einer Photographie von Franz Hanfstängl in München.)

finden wir nämlich auf einem in Privatbesitz zu London befindlichen Bilde, welches eine Wachtstube mit Soldaten in der üblichen Tracht, breitrandigen Schlapphüten und weiten faltigen Mänteln, darstellt. Wie Terborchs frühere Bilder ähnlichen Inhalts, ist auch dieses durch einen feinen doch geschmeidigen Farbenauftrag, der schon den späteren Stil Terborchs vorbereitet. Im übrigen bewegt sich das Bild noch ganz in dem Darstellungskreise der Soldatenmaler aus der Schule des Frans Hals. Man denkt an ähnliche Darstellungen von Pieter Codde, Palamedes, Dirk Hals, Jan le Ducq

u. a. Es ist nicht das einzige Bild dieser Art. Ein nahezu gleichzeitiges Seitenstück dazu besitzt Herr Werner Dahl in Düsseldorf, sie auch nach geschlossenem Frieden das lockere Leben fortsetzen wollten. Eine Scene aus diesem Leben scheint das Dahlsche Bild dar-

Abb. 26. Die Lautenspielerin. Im Museum zu Antwerpen.
(Nach einer Criginalphotographie von Braun, Clément & Cie. in Dornach i. E., Paris und New York.)

ebenfalls ein kahler Raum mit Soldaten, die sich nach einem Raubzuge ihrer Beute freuen. Noch lange nach Beendigung des Unabhängigkeitskampfes der nördlichen Niederlande machten sich die Nachwehen des Krieges in Gestalt von Marodeuren fühlbar, die plündernd das Land durchzogen, weil zustellen. Während in der Mitte zwei Soldaten, hinter einer Trommel hockend, ihre Beutestücke mustern und drei andere sich am Kaminfeuer wärmen, sitzt auf der rechten Seite anscheinend ein Opfer dieses Beutezuges, eine junge Frau in dunklem Umhang und weißem Atlaskleide, die mit gerungenen

Abb. 27. Die Lautenspielerin. In der Gemäldegalerie zu Dresden.
Nach einer Photographie von Franz Hanfstängl in München.

Händen, Verzweiflung im Angesicht, zu einem vor ihr stehenden Offizier emporblickt, der ihr teilnehmend zuhört. Diese Dame im Atlaskleide ist die erste Vorläuferin zu vielen ihresgleichen, die etwa ein Jahrzehnt später auf allen Konversationsstücken Terborchs Hauptpersonen sind. Nur tritt später ein Rollenwechsel ein. Hier ist die Dame im Atlaskleide noch die Bedrängte, die stehend zu dem Offizier aufschaut. Nach zehn Jahren sind es die Offiziere, die mit flehenden Blicken und mit viel Gold in den Händen um die Gunst der Damen werben.

Hat der junge Terborch in London van Dyck kennen gelernt, ihn oder doch wenig-

Abb. 20. Ein Duett. In der Eremitage zu St. Petersburg.
(Nach einer Originalphotographie von Braun, Clément & Cie. in Dornach i. E., Paris und New York.)

stens seine Bilder? Fast möchte man es glauben, wenn man die feine koloristische Virtuosität betrachtet, die jenem Atlaskleide zu teil geworden ist. Aber Terborchs Technik ist spitzer, seine Falten sind schärfer und brüchiger. Er ist frisch und geistreich in einer Zeit, wo van Dyck bereits Manierist geworden war. Vielleicht hat Terborch aber in England den Geschmack an der Porträtmalerei gewonnen, die schon damals das meiste Geld einbrachte. Ein holländischer Künstlerbiograph des vorigen Jahrhunderts, Houbraken, dessen Zuverlässigkeit jedoch viel zu wünschen übrigläßt, erzählt, daß der junge Terborch auch nach Frankreich und Italien gegangen sei. Beweise dafür hat die bis herige Forschung nicht liefern können. Man hat nur in einzelnen Bildnissen den Einfluß Tizians erkannt, der auch nicht abzu- lange also das Dunkel über diese Periode von Terborchs Leben nicht gelichtet ist, müssen wir uns an geschichtliche Daten

Abb. 19. Der Guitarreunterricht. In der Ermitage zu St. Petersburg.
(Nach einer Originalphotographie von Braun, Clément & Cie. in Dornach i. E., Paris und New York.)

leugnen ist; aber damit ist noch nicht bewiesen, daß der junge Terborch zu den Studien Tizians nur in Italien gelangt sein kann. Bilder von Tizian haben sich schon genug in der Sammlung Karls I befunden, als Terborch in London war. So und Urkunden halten. Etwa um 1645 war er wieder in der Heimat, wo wir seine Spuren zunächst in Amsterdam finden. Hier trat er aber nicht als Genre-, sondern als Bildnismaler auf, und daraus ist wohl der Schluß berechtigt, daß er sich während des Jahrzehnts, das für unsere Kenntnis in seinem Lebenslaufe eine Lücke bildet, mehr und mehr der Porträtmalerei gewidmet hat. Er hatte während dieser auszudrücken, als seine holländischen Kunstgenossen in ihren riesigen Schützenstücken und Gildemahlzeiten. Selbst mit Rembrandt kann er sich messen, weil er in den kleinen

Abb. 50. Der Musikunterricht. In der Gemäldegalerie zu Kassel.
Nach einer Photographie von Franz Hanfstangl in München.

Zeit auch einen eigenen Stil gefunden. Auf lebensgroße Darstellungen ließ er sich nicht ein. Seine ganze Kunstrichtung ging von vornherein auf die intime Charakteristik aus. Den Schilderungen großer Hauptaktionen, wenn auch in kleinbürgerlichem Renommierstile, ging er gern aus dem Wege. Er wußte in fußhohen Figuren viel mehr Köpfen seiner Bildnisse meist ebensoviel Geist und Witz entfaltet hat, wie Rembrandt in seinen naturgroßen. Es gibt Bilder von Rembrandt, die langweilige, sogenannte „tote" Stellen haben; bei Terborch findet man deren niemals, weil er sich im Maßstab zu beschränken wußte. Terborch ist wohl auch der einzige Zeitgenosse Rem-

3*

Abb. 31. Der Mufiker. In der Ermitage zu St. Petersburg.
(Nach einer Originalphotographie von Braun, Clément & Cie in Dornach i. E., Paris und New York.

brandts, der sich völlig vom Einflusse dieses Großmeisters frei gehalten hat, vielleicht auch ihm absichtlich aus dem Wege gegangen ist, weil ihm die Objektivität der Darstellung als höchstes Ziel in der Bildnismalerei nicht bloß, sondern auch in allen übrigen Kunstgattungen galt. Er steht in der holländischen Malerei zu Rembrandt, wie in der italienischen Malerei Raffael zu Tizian. Diese Objektivität hat etwas Kühles, aber sie hat den unschätzbaren Wert, daß sie der Nachwelt die Bürgschaft für die Wahrheit liefert. Als Historiker unter den Malern steht Terborch darum höher als Rembrandt.

In Amsterdam scheint Terborch, wie gesagt, nur Bildnisse gemalt zu haben. Wenigstens sind uns einige solcher erhalten oder litterarisch bezeugt. Eines, das des Professors Caspar Barlaeus, befindet sich im Senatszimmer der Universität, zwei andere, ein männliches und ein weibliches, von denen ersteres mit 1646 bezeichnet ist, im Privatbesitze zu Leerdam. Lange scheint es aber Terborch in Amsterdam, wo die Konkurrenz für einen Bildnismaler zu groß war, nicht ausgehalten zu haben. Schon im Jahre 1646 kam er auf den Einfall, sein Glück in Münster in Westfalen zu versuchen, wo bereits seit dem April 1645 die Delegierten der kriegführenden Parteien mit ihrem zahlreichen Gefolge versammelt waren und dem Leben in der Bischofsstadt einen Glanz verliehen, den sie seit einem Jahrhundert nicht gekannt hatte. Die holländischen Generalstaaten hatten allein acht Abgesandte zu der glänzenden Versammlung von Staatsmännern, geistlichen und weltlichen Würdenträgern, diplomatischen Unterhändlern, Rechtsgelehrten u. s. w. gestellt, und drei davon hat Terborch, der, wie überliefert

Abb. 38. Das Konzert. Im königl. Museum zu Berlin.
(Nach einer Photographie von Franz Hanfstängl in München.

worden ist, in der Neubrüderstraße wohnte, auch porträtiert, den Herrn van Heemstede Adrian Pauw nebst seiner Gattin, den Sekretär der holländischen Deputierten Jacob van der Burch und Gerard van Reede, den Deputierten von Utrecht. Die Bildnisse der beiden erstgenannten nebst dem der Frau des Herrn van Heemstede sind uns nur noch durch Stiche bekannt, das dritte befindet sich aber in Münster und zwar in dem sogenannten „Friedensfaale," demselben, in dem ein großer Teil der Sitzungen stattfand und zuletzt auch der Friede unterzeichnet wurde. Die anderen in dem Friedensfaale vereinig

ten Bildnisse rühren nicht von Terborch her,
sondern sind zum größten Teile von dem
Maler J. B. Floris ausgeführt, der, wie
aus den städtischen Archiven hervorgeht,
zehn Thaler für das Stück erhielt. Gleich-
wohl muß auch Terborch noch mehr Einzel-
bildnisse und Bildnisstudien gemalt und
gezeichnet haben, als wir bereits kennen,
da sein Hauptwerk aus dieser Zeit, eines
der Meisterwerke seines Lebens und der
Malerei überhaupt, eine Vereinigung von
sechzig Bildnisfiguren darstellt. Es ist das
berühmte, unter dem Namen „Friedensschluß
zu Münster" bekannte Bild, das aber nicht
diesen selbst, der am 24. Oktober 1648
unterzeichnet wurde, sondern die Ratifikation
eines am 30. Januar 1648 geschlossenen
Separatfriedens zwischen Spanien und Holland darstellt, der am 15. Mai von den
beiderseitigen Delegierten beschworen wurde,
nachdem die Protokollführer beider Parteien
die Ratifikationsurkunde verlesen hatten.
Diesen feierlichen Moment, durch den die
Unabhängigkeit der Vereinigten Provinzen
besiegelt wurde, hat Terborch auf seinem
Gemälde (Abb. 7) wiedergegeben. Er hat
es nicht auf Bestellung gemalt, und er ist
diese „vollendetste Schöpfung der Kleinmalerei," ein „unübertroffenes Meisterwerk
der Bildnismalerei im kleinsten Raume,"
wie Bode das Bild treffend nennt, sein
Lebenlang nicht losgeworden, obwohl er
nur 6000 Gulden dafür forderte. Noch
im Jahre 1721 befand es sich in Deventer
bei einem seiner Verwandten. Später gelangte es in den Besitz des Fürsten von
Talleyrand, dann in den der Herzogin von
Berry, und von ihr kam es für 45000 Francs
in die Galerie Demidoff, bei deren Versteigerung es der Marquis von Hertford
für 220000 Francs erwarb. Dessen Sohn,
Sir Richard Wallace, machte es der Lon-
doner Nationalgalerie zum Geschenk.
Trotz dieser mannigfaltigen Schicksale
ist das auf Kupfer gemalte Bild, das trotz
der großen Zahl der darauf dargestellten
Figuren nur 1 Fuß 5½ Zoll englisch in
der Höhe und 1 Fuß 10½ Zoll in der
Breite mißt, tadellos erhalten. „Treffende,
selbst großartige Charakteristik im kleinsten
Raume," so faßt Bode die Vorzüge dieser
Schöpfung zusammen, „meisterhafte Anordnung trotz möglichster Treue in den malerischen Motiven, reiche und doch tiefe und

harmonische, warme Färbung bei ausge-
bildetem Helldunkel, leichte und für den
Umfang selbst breite Behandlung vereinigen
sich zu einem Meisterwerke, dessen Reiz
durch das Alter nur gewonnen hat." Es ist
selbstverständlich, daß Terborch, der damals
31 Jahre alt war, bis zur Erreichung eines
so hohen Zieles viel mehr geschaffen haben
muß, als bis jetzt von ihm aufgefunden
worden ist. Abgesehen von Soldatenbildern,
von denen uns einige, wie z. B. ein dra-
matisch höchst bewegter Wirtshausstreit
beim Kartenspiele, eine ganz in der Art
Brouwers gehaltene Komposition von drei
Figuren, nur durch Stiche bekannt sind, scheint
er während der Jahre seiner Wanderschaft
durch Deutschland, Italien und Frankreich
besonders Bildnisse gemalt zu haben, von
denen bis jetzt aber keine Spur entdeckt
worden ist. Mit Ausnahme der bereits
genannten Bildnisse gehören alle übrigen,
die wir kennen, seiner späteren Zeit an.
Nur aus jahrelanger Übung vermögen wir
die Meisterschaft zu erklären, die er nicht
nur in seinem Friedensbilde, sondern auch
in seinen in Münster gemalten Einzelbild-
nissen entfaltet. Von den zahlreichen Figuren des ersteren ist kaum eine einzige
nebensächlich oder summarisch behandelt. Jede
lebt sozusagen ihr eigenes Leben, und diese
Intimität der Charakteristik gibt der an
und für sich langweiligen Staatsaktion eine
Anziehungskraft, die immer von neuem
zum Studium der Physiognomien reizt, die
übrigens keineswegs die Gefühle erkennen
lassen, die die Verteter der beiden Nationen
beherrschen, die jahrzehntelang blutig miteinander gerungen hatten. Nur wenn man
sehr scharf zuschaut, bemerkt man, wie Emil
Michel, der geistvolle französische Biograph
Terborchs, mit richtigem Blick herausgelesen
hat, hier und da den Ausdruck einer Spur
von Bitterkeit in den stolzen Gesichtern der
Spanier und bei den Holländern den leisen
Ausdruck voller Befriedigung.
Es ist nicht das einzige figurenreiche
Bild, das Terborch in Münster gemalt hat.
Das Louvre zu Paris besitzt eine nicht
minder geistreich aufgefaßte und durchge-
führte Skizze, die eine Versammlung von
Geistlichen in schwarzen und weißen Ge-
wändern in einem weiten, kahlen Saale
darstellt, anscheinend eine Sondersitzung der
geistlichen Mitglieder des Kongresses, die

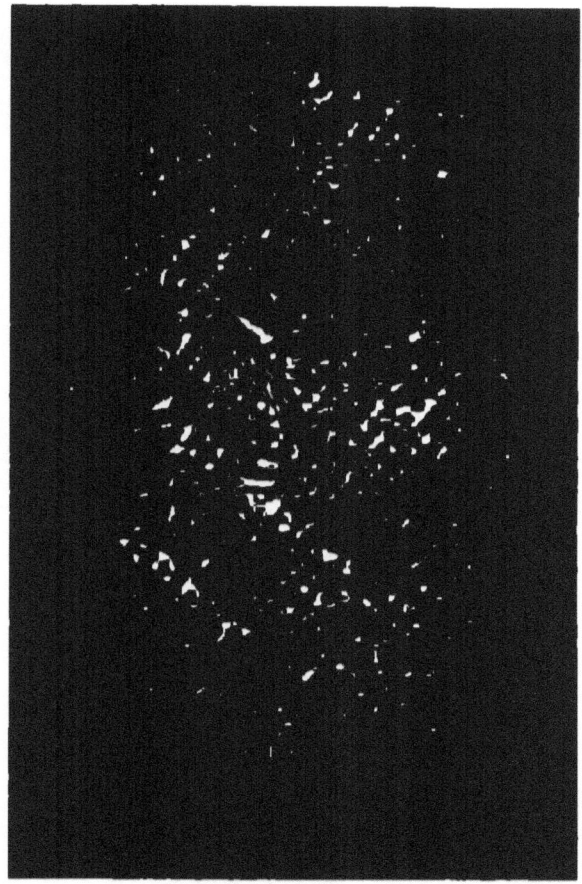

Abb. 13. Ein Offizier. Nach einer Kreidezeichnung in der Albertina zu Wien.
(Nach einer Originalphotographie von Braun, Clément & Cie. in Dornach i. E., Paris und New York.)

vornehmlich die Interessen des päpstlichen Stuhles vertraten. Ferner ist kürzlich im Privatbesitz in Rom (bei Herrn W. Hüfer) ein Bild Terborchs entdeckt worden, das die Leichenfeier für einen der spanischen Abgesandten, des am 24. Oktober 1647 in Münster verstorbenen Erzbischofs von Cambrai, Joseph de Bergaigne, darstellt. Aus dieser Zeit stammt endlich ein Bildnis des Löwener Professors Vopiscus Fortunatus Plempius, das uns durch einen von 1648 datierten Stich von Paul Pontius bekannt ist.

Auch nach dem Friedensschluß in Münster erwuchs dem Künstler aus dem dort gepflogenen Verkehr mit den fremden Herren ein Vorteil. Durch einen spanischen Maler, dem er bei seinen Bildern geholfen hatte, wurde er nach dem Bericht Arnold Houbrakens, der seine Mitteilungen über den Maler von den Verwandten Terborchs erhalten hat, mit dem spanischen Gesandten Grafen von Peñaranda bekannt, und dieser lud ihn ein, mit ihm nach Spanien zu gehen, wo er am Hofe von Madrid freundliche Aufnahme fand. Er hatte auch den großen Vorzug, mehreremal den König

Philipp IV porträtieren zu dürfen, und dieser war mit den Leistungen des holländischen Malers so zufrieden, daß er ihn in den Ritterstand erhob und ihm eine goldene Kette mit seinem Medaillonbildnis und andere Kostbarkeiten schenkte. Die letz-

eine Beeinflussung durch Velazquez zu denken. Aber man vergesse dabei nicht, daß Terborch bereits ein fertiger, zu voller Kraft gereister Künstler war, als er nach Spanien kam, und was die einfache Anordnung seiner Bildnisse betrifft, die nur die volle

Abb. 34. Im Wirtshaus. Nach einer Kreidezeichnung in der Albertina zu Wien. (Nach einer Originalphotographie von Braun, Clément & Cie. in Dornach i. E., Paris und New York.)

tere Angabe Houbrakens wird noch durch ein urkundliches Zeugnis bestätigt, wonach sich das Medaillon im Jahre 1692 im Besitz einer der Schwestern der Gesina Terborch befand. Auch von den Bildern, die Terborch in Spanien gemalt hat, hat sich nichts erhalten. Was er selbst während seines Aufenthaltes in Spanien als Künstler gewonnen hat, läßt sich ebenfalls nicht mit Sicherheit feststellen. Es liegt nahe, an

Herausarbeitung der Individualität bezweckt, so hat Emil Michel mit Recht betont, daß Terborch diese Kunst bereits lange übte, bevor er ein Werk von Velazquez gesehen haben kann. Auch hat es der Zufall gefügt, daß Velazquez vom Anfang des Jahres 1649 bis zum Juni 1651 von Spanien abwesend war und sich meist in Rom aufhielt, also gerade während derselben Zeit, in die Terborchs Thätigkeit in Madrid fällt. Vielleicht hat sogar der Umstand, daß Velazquez in Italien war, dem jungen Holländer erst die Möglichkeit geboten, zeitweilig an die Stelle des großen Bildnis-

Anwesenheit in der Heimat finden wir in einem am 30. Dezember 1650 gefaßten Beschluß der Stadt Kampen, wonach dem Künstler hundert Karolusgulden zum Dank

Abb. 35. Naturstudie. Nach einer Kreidezeichnung in der Albertina zu Wien.
(Nach einer Originalphotographie von Braun, Clément & Cie. in Dornach i. E., Paris und New York.)

malers am spanischen Königshofe zu treten.

Nach der Erzählung Houbrakens wäre Terborch durch galante Abenteuer mit vornehmen Damen in solche Verlegenheiten geraten, daß er schleunigst Spanien verlassen mußte und über Frankreich nach Holland zurückkehrte. Die erste Spur seiner

dafür, daß er der Stadt zwanzig Exemplare des von Jonas Suyderhoef ausgeführten Kupferstichs nach seinem Friedensbilde geschenkt hatte, zugesprochen wurden. Die nächste ihn betreffende Urkunde ist mehr als drei Jahre später datiert. Am 14. Februar 1654 vermählte er sich mit Gertruid

Matthyssen, der Witwe des Thys Taems aus Deventer, und da diese vermutlich dort ein Besitztum hatte, ließ sich Terborch in Deventer nieder, wo er am 13. Februar 1655 das sogenannte „kleine Bürgerrecht" erwarb. Bei seiner Hochzeit fehlte es nach der Sitte der damaligen Zeit nicht an einem feierlichen Carmen, in welchem der Dichter, J. H. Roldanus, seine Kunst pries. Darin wird auch abermals bestätigt, daß Terborch in Madrid zu hohen Ehren gelangte. „Nach Madrid," so heißt es in dem Gedichte, „in den schönen Königspalast kam sein Name und Ruhm, ja sogar seine Person: er hat den König sehr kunstvoll abgemalt, daß nur das Leben daran noch fehlte." Es ist ergötzlich zu hören, mit welchem Stolz die republikanischen Holländer von den Gunsterweisungen eines Königs sprechen, mit dessen Soldtruppen sie sich viele Jahre herumgeschlagen hatten.

Hinsichtlich der Thätigkeit Terborchs in den ersten Jahren nach seiner Rückkehr in die Heimat können wir uns nur auf zwei kleine Bilder stützen, die von 1652 datierten Brustbildnisse eines Ehepaares, die sich früher in der Sammlung Beurnonville in Paris befanden. Vielleicht gehören diesen ersten Jahren aber auch das Selbstbildnis Terborchs (Abb. 6) und seiner Gattin (Abb. 5) im Reichsmuseum zu Amsterdam an, da es sehr wahrscheinlich ist, daß Terborch diese Bildnisse bald nach seiner Hochzeit gemalt hat, womit auch das Alter, in dem er sich dargestellt hat, übereinstimmen würde. In späteren Jahren gewann der Künstler mit dem Wachstum seiner äußeren Würden auch eine größere Beleibtheit, wie wir sie auf dem feierlichen Repräsentationsbilde des Museums im Haag wahrnehmen können, das unser Titelblatt wiedergibt. Das nächste uns begegnende Datum ist die Jahreszahl 1655 auf einem unter dem Namen „die Depesche" bekannten Bilde im Museum des Haag (Abb. 8), und dieses Werk, das den Künstler in der voll entfalteten Blüte seines großen malerischen Könnens zeigt, gibt uns die Möglichkeit, einige noch früher oder etwa gleichzeitig entstandene Werke festzustellen. Es sind ausschließlich Genre- oder richtiger Sittenbilder, wie denn das ganze Jahrzehnt von 1650 bis 1660 fast ausschließlich mit dem Schaffen jener Genrebilder ausgefüllt worden ist.

die Terborchs Namen vornehmlich berühmt, ja volkstümlich gemacht haben. Das älteste dieser Bilder ist der um 1650 gemalte „Lesunterricht," den eine junge Frau, deren Geduld dabei auf eine harte Probe gestellt wird, einem Knaben erteilt (in der Sammlung Lacaze im Louvre, Abb. 9). Mit diesem Knaben, der allerdings kein Muster von Intelligenz ist, hat es eine eigentümliche Bewandtnis. Er findet sich nämlich mit seiner unten breit auslaufenden Nase, seinen trüben, zwischen dicken Lidern blinzelnden Augen, wulstigen Lippen und wirren Haaren mehrfach auf Zeichnungen der Familienalbums dargestellt, die von Moses und Gerard Terborch herrühren. Auf einer dieser Zeichnungen ist auch sein Name -- er hieß Jan Jabus -- genannt. Demselben Knaben begegnen wir ferner auf einer Zeichnung Gerards, die sich in der Albertina zu Wien befindet (Abb. 10), und auf einer Zeichnung von Kaspar Netscher im Louvre, der um die Mitte der fünfziger Jahre ein Schüler Terborchs war. Dieses Schülerverhältnis ist uns auch durch eine im Museum zu Gotha befindliche Kopie von Terborchs „Väterlicher Ermahnung" bestätigt worden, die Netscher laut Inschrift im Jahre 1655 ausgeführt hat. Das Original muß also ebenfalls in diesem Jahre oder etwas früher entstanden sein. Dieses Bild, dessen wir im Eingang unserer Biographie des Meisters gedacht haben, bezeichnet nicht gerade den Höhepunkt Terborchscher Kunst, vereinigt aber doch alle seine charakteristischen Eigenschaften während der Zeit seines vollsten Glanzes als Sittenmaler. Es existiert in zwei eigenhändigen Exemplaren, die wir einander zum Vergleiche gegenüberstellen (Abb. 11 und 12, im Reichsmuseum zu Amsterdam und im Museum zu Berlin). Das Amsterdamer Exemplar weicht nur im Format von dem Berliner ab, und die Veränderung des Formats hat es mit sich gebracht, daß auf der rechten Seite des ersteren noch ein Hund hinzugefügt worden ist. Seitdem das Bild aus der dilettantischen Kunstbetrachtung in das Licht der wissenschaftlichen Forschung getreten ist, hat man sofort erkannt, daß der Name, den das Bild infolge der Unterschrift unter Willes Stich schon über ein Jahrhundert lang trägt, keineswegs zutrifft. Schon das Alter der drei dargestellten Personen

Abb. 36. Dame, die sich die Hände wäscht. In der Gemäldegalerie zu Dresden.
Nach einer Photographie von Franz Hanfstängl in München.

spricht dagegen, daß der in sehr ungenierter Haltung auf dem Stuhle sitzende junge Offizier dem jungen Mädchen im weißen Atlaskleide, das dem Beschauer den Rücken zukehrt, väterliche Ratschläge gibt. Wenn man damit andere sehr zahlreiche Bilder ähnlichen Inhalts von Terborch und seinen Zeitgenossen vergleicht, wird man vielmehr zur Überzeugung kommen, daß es sich nur ein galantes Abenteuer handelt, daß der Offizier im Gegenteil seine ganze Beredsamkeit aufzubieten scheint, um das junge Mädchen vom Pfade der Tugend abzubringen, und daß die Frau in Schwarz ihm zur Seite, die etwas verlegen in ihr Weinglas blickt, ihm keineswegs ein Hinderniß in den Weg legen wird. Die ganze Art des Terborchschen Vortrags, die Feinheit und Intimität seiner sprechenden Charakteristik und die geschmackvolle Harmonie seines Kolorits reizen den Beschauer förmlich, aus seinen Sittenbildern kleine Novellen herauszuspinnen, und da man bis vor kurzem die Sphäre der holländischen Gesellschaft, in der sich die Offiziere Terborchs und der ihm verwandten Sittenmaler bewegten, nicht kannte, hat man bei dem Versuch, den Inhalt seiner Genrebilder zu erklären, immer fehlgegriffen. Den novellistischen Reiz, den sie erwecken, hat Lemcke in seiner Biographie des Meisters sehr fein und geistvoll in die Worte zusammengefaßt: „Ein guter Zeichner, ein Virtuose der Technik, ein feiner Seelenkenner und Porträtist, ein geborener Darsteller, der genial seine Figuren bis in die kleinsten Züge nachempfindet, weiß er nun auch jene Scenen so unnachahmlich zu schildern, wo in echter Konversation der Geist des Ganzen auf der Spitze eines Augenblicks oder gleichsam eines Wortes schwebt. ‚Wie lacht der Kerl! Wie blickt das Mädchen wunderbar! Wie unsagbar wahr geben sich da die Menschen,‘ sagt man bei Frans Hals. Bei Terborch auch noch: ‚Was haben sie miteinander? Was sprechen sie denn gerade? Was denken sie?‘ ... Terborchs Manier ist es nicht, den Beschauer von vornherein zum ausgesprochenen Teilnehmer der Scene zu machen, sie auf ihn zu stellen, gegen ihn zu richten. Im Gegenteil: er liebt es, sie so zu zeigen, als ob wir seine Personen in indiskreter Weise belauschten, mögen sie nun träumen, lesen, schreiben, musizieren oder konversieren. Die Stellung, den Rücken gegen den Beschauer, hat er so charakteristisch verwendet. Wer so steht, hat sicher nichts mit einem Betrachter zu schaffen. Da geht bei ihm etwas in den vier Wänden vor sich in aller Intimität, das durchaus nicht für Unsereiner ist. Der gefährliche Schalk von Maler nur läßt uns ohne Erlaubnis zuschauen, und wir empfinden den Reiz, der in der Beobachtung sich völlig unbeobachtet Wähnender liegt.“

Was nun die gesellschaftliche Sphäre anbetrifft, aus der Terborch einen Teil seiner Figuren heranholte, so muß man

in Betracht ziehen, daß einerseits die langen Kriegsjahre auf die allgemeine Sittlichkeit schädigend einwirkten, daß andererseits aber auch die Anschauungen jener Zeit noch naiv genug waren, um an dem ungenierten Verkehr der lebenslustigen Offiziere in gewissen Häusern, die man heute in anständiger Gesellschaft nicht nennt, keinen Anstoß zu nehmen. Nach diesen Sittenzuständen und solchen Anschauungen sind Bilder zu beurteilen, wie z. B. der stattliche Reitersmann, der in plumper Courmacherei einer zur Zeit noch spröde und kaltherzig thuenden Schönen, einer modernen Danae, eine Hand voll Goldstücke bietet, um ihre Gunst zu erwerben (im Louvre, Abb. 13), der junge Offizier, der einem Mädchen im Beisein einer Alten ein Glas Limonade bereitet (in der Ermitage zu St. Petersburg, Abb. 14), das junge, schon etwas vertraulich gewordene Paar beim Glase Wein (im Buckinghampalast zu London, Abb. 15) und die Dame, die ihr Glas Wein allein schlürft, während ihr Kavalier sein müdes Haupt auf die Tischkante gelegt hat und im Schlafe seiner Liebessehnsucht vergißt (in den Uffizien zu Florenz, Abb. 16). Einer höheren gesellschaftlichen Sphäre gehört dagegen wohl die junge Frau an, der ein Trompeter mit unterwürfiger Gebärde einen Brief überreicht (in der Münchener Pinakothek, Abb. 17). Darauf deutet nicht bloß die vornehme Ausstattung des Gemaches mit dem Wandteppich mit Figuren und dem reich besetzten Tische, an dem die hübsche Jofe eben die Weinkanne abräumt, sondern der abweisende Blick der Dame und mehr noch die entrüstete Miene der Dienerin, die fragend zu ihrer Herrin emporblickt. Es ist wieder ein Meisterstück der Malerei, die nicht allein in dem weißen Atlaskleide der Dame und ihrer roten Pelzjacke, sondern besonders auch in der stillebenartigen Durchführung der Gefäße und Geräte auf dem Tische glänzt. Wie hohen Wert Terborch selbst auf dieses Bild gelegt hat, beweist der Umstand, daß er seinen Namen statt seines häufigeren Monogrammes auf den Brief gesetzt hat, den der reich gekleidete Trompeter der Dame einhändigen will. Man hat, um eine Novelle in mehreren Kapiteln zusammenzuspinnen, dieses Bild mit einigen anderen des Meisters in Verbindung gebracht, so mit der obenerwähn-

Abb. 37. Der Brief. Im Buckingampalast zu London.
Nach einer Photographie von Franz Hanfstängl in München.

ten „Depesche" im Haag und mit zwei Bildern der Dresdener Galerie, welche einen briefschreibenden und einen brieflesenden Offizier darstellen. Auf dem einen Bilde wartet der Trompeter, um den Brief zu befördern, auf der anderen hat er die Antwort gebracht und harrt weiterer Befehle (Abb. 18 und 19). Es war also die Zeit nach dem Frieden, wo die Offiziere nichts anderes zu thun hatten, als galanten Abenteuern nachzugehen, und die schmucken Trompeter in ihren reichen Uniformen mit vorherrschendem Gelb und Blau ihnen als Postillons d'amour dienten, und mit dieser Zeit stimmt auch die malerische Behandlung überein, die in die fünfziger Jahre weist. Alle

diese Bilder haben, wie schon Bode frühzeitig erkannt hat, als gemeinsames Kenn-
zeichen eine „körnige Behandlung im Licht
und in der Farbengebung, in welcher ein
energisches Citronengelb im vollsten Licht
neben einem kräftigen Braunrot oder einem
tiefen Scharlachrot vorherrschen."

immer, in erster Linie das rein malerische
Motiv reizte. Wie sehr übrigens diese galanten Bilder trotz der bisweilen etwas ver-
fänglichen Situation Anklang fanden, beweist die Thatsache, daß von der „Väterlichen
Ermahnung" bisher schon drei alte d. h.
im XVII. Jahrhundert entstandene, Kopien

Abb. 38. Die Apfelschälerin. In der kaiserl. Gemäldegalerie zu Wien.
(Nach einer Photographie von Franz Hanfstängl in München.)

An einen novellistischen Zusammenhang
dieser und anderer Bilder dürfte Terborch
schwerlich gedacht haben. Das Soldaten-
bild war von Jugend an seine Leiden-
schaft gewesen, und da er, nachdem des
Krieges Stürme vorübergebraust waren,
keine Wachtstuben mehr malen wollte oder
konnte, suchte er sich nach seiner Rückkehr
in die Heimat schnell in die veränderten
Verhältnisse hineinzuleben, wobei ihn, wie

aufgetaucht sind. Das junge Mädchen im
weißen Atlaskleide und schwarzen Sammet-
kragen, die dem Beschauer den Rücken zuwendet, reizte Terborch selbst so sehr, daß
er sie noch einmal allein mit etwas verän-
dertem Mittel und Hintergrunde wiederholte
(in der Dresdner Galerie, Abb. 20). Eine
solche „Ausschnittwiederholung" steht unter
Terborchs Werken nicht vereinzelt da. Auch
das weintrinkende Mädchen, das wir be-

reits auf dem Bilde der Uffizien (Abb. 15) kennen gelernt haben, hat er noch einmal allein mit kleinen Veränderungen im Kostüm und in der Haltung, an einem Schreibtische sitzend, dargestellt (Abb. 21).

Ein beträchtlicher Teil aller dieser Ge-wartet, in der Ermitage zu St. Peters-burg (Abb. 23), die Musikstunde in der Nationalgalerie zu London, ein Hauptwerk des Meisters, das schon im Jahre 1823 auf einer Versteigerung mit 24300 Francs bezahlt wurde, und die beiden von 1658

Abb. 20. Der Raucher. Im königl. Museum zu Berlin.
(Nach einer Photographie von Franz Hanfstängl in München.)

sellschaftsstücke fällt in das in Terborchs Schaffen ungewöhnlich fruchtbare Jahrzehnt von 1650–1660. Damit ist die Liste der in dieser Zeit entstandenen Bilder aber noch keineswegs abgeschlossen. In jenem Jahrzehnte sind noch das Konzert im Louvre zu Paris, das Duett zweier junger Mädchen, die eine Knabe bedient (Abb. 22), der Bote vom Lande, der einer jungen Frau einen Brief gebracht hat und auf die Antwort datierten Pärchen im Museum zu Schwerin entstanden. Auch die Dame, die auf dem Petersburger Bilde den Brief liest, gehört den wohlhabenden Kreisen der guten Ge-sellschaft an. Sie hält sich eine Mulattin als Dienerin, die sich hinten an den Vor-hängen des Betts zu schaffen macht, und auf dem Tisch steht eine silberne Tasse mit einem Löffel darin, ein silberner Leuchter und eine Delfter Kanne auf einem silbernen

Tablett. In diesem Beiwerk spiegelt sich die ganze Kultur Hollands um die Mitte der fünfziger Jahre: der Reichtum, den die Kolonien ins Land brachten, mit allen ihren trefflichen und seltsamen Erzeugnissen, und die Blüte der heimischen Industrie, die nicht bloß in der Delfter Fayencefabrikation, deren feinste Ware mit Gold aufgewogen wurde, sondern auch in einer prunkvoll schaffenden Edelschmiedekunst gipfelte.

In den beiden letzten Jahrzehnten seines Lebens steigerte sich noch Terborchs Schaffenslust und Schaffenskraft, und seine malerische Technik entwickelte sich derartig, daß Bode, der feinste Kenner holländischer Malerei, kein Bedenken trägt, die Gemälde dieser letzten Zeit den Schöpfungen der größten Koloristen an die Seite zu setzen. „Sollen wir mehr seine eminente koloristische Begabung oder sein außerordentliches Können und sein weises Maßhalten bewundern? Völlig exakt in der Zeichnung, in der Durchführung von einer an Leonardo da Vinci erinnernden Verleugnung der Mache, reich und höchst originell in der Färbung, in der Darstellung der Stoffe der unübertroffene Meister, und dabei doch stets harmonisch und fein im Ton, die meisterliche Karnation bestimmend für die mannigfache, höchst schwierige Farbenzusammenstellung in den glänzenden, an sich oft unmalerischen Stoffen, tadellos in jeder Beziehung und doch stets anziehend, originell, pikant."

Leider hat Terborch, wie viele Künstler, in dieser letzten Periode seines Schaffens nur sehr selten seine Bilder datiert, so daß wir nicht imstande sind, seine Weiterentwickelung, wenn eine solche noch erfolgt ist, näher zu charakterisieren. Jedenfalls beweist das letzte Datum, das wir auf einem seiner Bilder finden — das Jahr 1675 auf einem „Duett" in der Galerie Six zu Amsterdam , daß seine staunenswerte malerische Kraft ihm bis in die letzten Jahre seines Lebens treu geblieben ist. Das erste datierte Bild dieser Epoche, die „Musikstunde" im Louvre oder eigentlich das „Duett" eines jungen Paares, da der die Guitarre spielende Jüngling keineswegs einen magisterhaften Eindruck macht (Abb. 24), ist mit der Jahreszahl 1660 bezeichnet. Dann sind noch die Jahreszahlen 1667 und 1669 vertreten, die letztere auf der lebensgroßen Halbfigur eines Fischhändlers,

bei dessen Ausführung dem Künstler plötzlich die Erinnerung an seine Haarlemer Lehrzeit, besonders an Frans Hals, wieder aufstieg (im Besitz des Herrn Pastors Glitza in Hamburg), und die erstere auf einer Darstellung einer Versammlung des Rates von Deventer, die sich noch heute in demselben Saale befindet, welchen Terborch auf dem Bilde wiedergegeben hat. Es ist das figurenreichste Bild, das er seit dem Gemälde des holländisch-spanischen Separatfriedens in Münster gemalt hat. Er selbst ist auf dem Bilde nicht dargestellt. Denn er ist weder, wie man früher nach der Erzählung Houbrakens geglaubt hatte, Bürgermeister von Deventer noch überhaupt Mitglied des Rates gewesen. Er war nur „Gemeensman," nach der städtischen Verfassung von Deventer einer der achtundvierzig, die von der gesamten Bürgerschaft, gewöhnlich aus den aristokratischen Familien der Stadt, gewählt wurden, um eine Kontrolle an dem Magistrat auszuüben. So spiegelte sich also in einem kleinen Gemeinwesen die republikanische Verfassung des großen Staates mit ihrem scharf ausgeprägten aristokratischen Charakter wieder. Der Saal, in dem sich die von Terborch dargestellte Ratssitzung abspielt, ist an den vier Wänden mit hohem Holzgetäfel bekleidet, unter dem sich eine Estrade entlang zieht. In der Mitte der dem Beschauer zugekehrten Wand sieht man auf erhöhtem, von den anderen abgesondertem Sitz die beiden Bürgermeister hinter einem mit Schreibzeug besetzten Tisch, und zu beiden Seiten schließen sich, auf niedrigeren Bänken sitzend, je sieben Ratsherren an, alle in schwarzer Kleidung, weißen über die Brust herabfallenden Halskragen und mit runden schwarzen Hüten. In der Mitte des Saales sind die vier Ratsschreiber, von denen einer ein Schriftstück vorliest, um einen Tisch gruppiert, der mit einer langen, bis auf den Erdboden herabhängenden Decke bedeckt ist. An der Rückwand sind in Rahmen über dem Wandgetäfel, rechts und links von den Sitzen der Bürgermeister, je sechs Richtschwerter mit den Namen der durch sie vom Leben zum Tode Gebrachten und den Taten ihrer Hinrichtung aufgehängt. Trotz der feierlich-steifen Anordnung und der ernsten Haltung der Figuren, trotz der Abwesenheit jedes lebhaften Lokaltons hat Terborch doch vermocht, durch seine feine Charakterisierungskunst über die Undankbarkeit des Motivs zu triumphieren. Das Bild steckt noch in seinem ursprünglichen Rahmen, einem breiten Goldrahmen, dessen reiches Schnitzwerk allerhand Embleme, zuvörderst die der allzeit wachsamen, schützenden und strafenden Gerechtigkeit enthält.

Über das Leben, das Terborch nach seiner Niederlassung in Deventer geführt

der Musik war; aber damit hätte er vor den meisten übrigen Sittenmalern seiner Zeit nichts voraus. Nur unterscheidet er sich von vielen unter ihnen dadurch, daß die musikalischen Vorträge, die er darstellt, sich meist in den Kreisen einer gewählten Gesellschaft abspielen. Die Laute in verschiedener Form ist hier das beliebteste Instrument, das bald zu Solovorträgen wie z. B. auf dem Bilde der Lautenspielerin in

Abb. 40. Naturstudie. Nach einer Kreidezeichnung im Museum zu Weimar.
(Nach einer Originalphotographie von Braun, Clément & Cie. in Dornach i. E., Paris und New York.)

hat, wissen wir sonst nicht Näheres. Wir könnten höchstens aus seinen Bildern einen Schluß auf seine eigenen Neigungen ziehen, wenn das bei einem so objektiven, immer über seinen Stoffen stehenden Künstler überhaupt gestattet ist. Unter seinen Genrebildern, deren Entstehung sich nicht mit Sicherheit bestimmen läßt, begegnen wir einer beträchtlichen Zahl, die der Pflege der Musik in immer neuer Abwandlung des Themas gewidmet sind. Man darf wohl daraus schließen, daß Terborch selbst wie die Mehrzahl seiner Volksgenossen ein Freund

weißem Atlaskleide in der Gemäldegalerie zu Kassel (Abb. 25), auf dem im Museum zu Antwerpen (Abb. 26) und dem der Dresdener Galerie (Abb. 27), bald zu Duetten zwischen Herren und Damen dient, wobei bisweilen, wie auf einem Bilde der Ermitage in St. Petersburg, sich auf den Flügeln der Musik und des Gesangs zarte Fäden entspinnen (Abb. 28). Von dem Unterricht im Guitarrespiel handelt es sich auf zwei Bildern in Petersburg (Abb. 29) und in Kassel (Abb. 30), die sowohl in ihrem allgemeinen Inhalt, wie auch dadurch verwandt sind, daß die Persönlichkeit

Abb. 41. Ein Soldat. Nach einer Kreidezeichnung im Kupferstichkabinett zu Dresden.
(Nach einer Originalphotographie von Braun, Clément & Cie. in Dornach i. E., Paris und New York.

des Lehrers, vielleicht eines freiwilligen, nicht berufsmäßigen, auf beiden Bildern nicht nur dieselbe ist, sondern auch dieselbe Tracht, Haltung und Gebärde zeigt. Einen berufsmäßigen Musiker glauben wir dagegen in der Halbfigur eines Violinspielers (in der Ermitage in St. Petersburg, Abb. 31) vor uns zu sehen, dessen eigentümlicher, von der holländischen Art abweichender Typus die Veranlassung gegeben hat, daß das

Bild in älteren Katalogen der Ermitage unter dem Namen „der jüdische Musikant" aufgeführt wurde. Vielleicht war es ein herumreisender Italiener, der in holländischen Städten Konzerte gab oder Unterricht erteilte. Vereinzelt unter diesen Musikgemälden ist ein mit außerordentlicher Feinheit und Klarheit des Tons durchgeführtes, ungemein farbig behandeltes Gemälde der Berliner Galerie, welches ein Duett zwi-

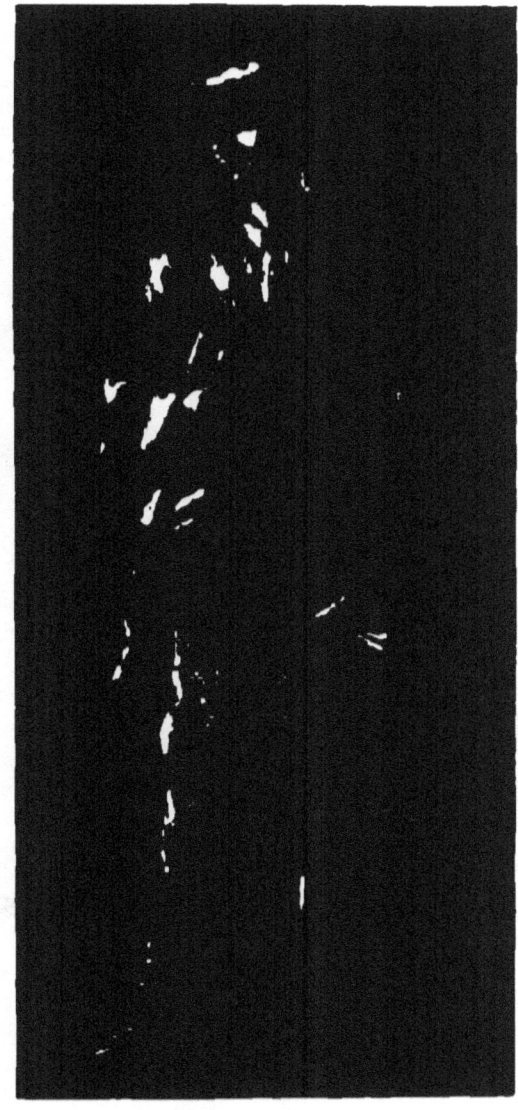

Abb. 42. Ein Offizier. Nach einer Kreidezeichnung im Kupferstichkabinett zu Dresden.
(Nach einer Originalphotographie von Braun, Clément & Cie. in Dornach i. E., Paris und New York.)

schen einer jungen Dame, die die Baßgeige spielt, und einer älteren Frau am Spinett darstellt (Abb. 32). Auffallend bei einem so sicheren Zeichner wie Terborch ist das verfehlte Größenverhältnis der beiden Figuren, das vielleicht auf einen Mangel in der Perspektive zurückzuführen ist. Dafür entschädigt aber vollkommen der köstliche

4*

malerische Reiz, der über das Mädchen ausgegossen ist, das dem Beschauer den Rücken lehrt, über ihr dunkles, zierlich geflochtenes Haar, den feinen Nacken, den Pelzkragen, die lachsfarbene Atlasjacke und das weiße Atlaskleid. Dazu das zarte graue Licht, das den ganzen Raum erfüllt! sich, wie alle großen Künstler, durch den beständigen Umgang mit der Natur frisch, und als er längst die Höhe vollkommener Meisterschaft erstiegen hatte, setzte er die Gewohnheiten seiner Jugend fort. Der Zufall hat es gefügt, daß sich gerade aus der letzten Periode seiner Thätigkeit, aus

Abb. 45. Bildnis eines Mannes. Im königl. Museum zu Berlin.
(Nach einer Photographie von Franz Hanfstängl in München.)

Es ist wieder ein Ausschnitt aus der Wirklichkeit, ein Blick in eine intime Häuslichkeit, die der Maler dem Beschauer gestattet, ohne daß die Figuren merken, daß sie beobachtet werden, aber auch ohne daß sie für die beabsichtigte malerische Wirkung erst künstlich zurechtgerückt worden sind. Man sollte glauben, daß ein Virtuose der Stoffmalerei wie Terborch allmählich seine Atlaskleider und Pelzjacken auswendig gekannt hätte. Das ist aber ein Irrtum. Auch er hielt der Zeit von 1660 bis 1675, eine Reihe von Zeichnungen erhalten hat, die für seinen unablässigen Fleiß in Naturstudien zeugen. Die meisten davon besitzt die Albertina in Wien. Unter ihnen befindet sich außer einigen Soldatenstudien (Abb. 33 und 34), von denen die letztere als „nach dem Leben gezeichnet“ ausdrücklich durch die Inschrift beglaubigt ist, auch eine von 1667 datierte Rückenansicht einer Dame im Atlaskleide, die auf einem Stuhle sitzt (Abb. 35). Ter-

borch scheint demnach jede Gelegenheit be
nußt zu haben, um sein Auge zu schärfen
und seinem Gedächtnis zu Hilfe zu kommen.
Daraus erklärt sich denn auch seine sich
beständig steigernde, koloristische Virtuosität,
die sich jedoch keineswegs aufdringlich macht,
weil sie Terborch gleichmäßig auf alle Teile
Mutter, einen Brief vorliest. Aber auch
wo es weniger vornehm zugeht, wie z. B.
in dem Gemach der jungen Frau, die ihrem
Töchterchen einen Apfel schält (in der kaiserlichen Galerie zu Wien, Abb. 38), ver-
leugnet Terborch die liebevolle Zärtlichkeit
nicht, die er selbst den bescheidensten Ge-

Abb. 41. Bildnis eines jungen Mannes. Im königl. Museum zu Berlin.
(Nach einer Photographie von Franz Hanfstängl in München.)

seiner Bilder ausdehnte. Das bewundern
wir auch an dem Bilde der Dresdener Galerie, das uns eine Dame in ihrem Ge-
mache darstellt, die sich Waschwasser über
die Hände gießen läßt (Abb. 36), und in
noch höherem Grade an der überaus vornehm aufgefaßten Familienscene im Buk-
kinghampalaste in London (Abb. 37), wo
ein junges Mädchen einer älteren, aufmerk-
sam zuhörenden Frau, anscheinend seiner
genständen zu teil werden läßt. Davon
hat auch der junge Soldat etwas erfahren,
der auf einem Bilde der Berliner Galerie
im Begriff ist, den Tabak in seiner langen
Thonpfeife an einem irdenen Kohlenbecken
zu entzünden (Abb. 39). Mehr aber, als
die meisterhafte Stoffmalerei bewundern
wir die Zartheit und doch plastische Schärfe
in der Modellierung des dem Beschauer
voll zugekehrten Profils des jungen Mannes.

Außer der Albertina in Wien haben noch mehrere andere öffentliche Sammlungen Zeichnungen aufzuweisen, die mit mehr oder weniger Sicherheit Terborch zugeschrieben werden, so das Städelsche Institut in Frankfurt a. M., das Museum zu Weimar (Abb. 40), das Dresdener Kupferstichkabinett (Abb. 41 und 42) u. a. Merkwürdigerweise befindet sich unter allen diesen und den in Privatbesitz befindlichen Zeichnungen Terborchs nicht eine einzige Studie zu den Bildnissen des Meisters, von denen allmählich eine beträchtliche Anzahl bekannt geworden ist. Bode stellt zur Erklärung dieses auffallenden Umstandes die Vermutung auf, daß der Künstler direkt nach dem Leben auf die Leinwand zu malen pflegte, eine Gewohnheit, der seine Bildnisse ihre feine, lebenswahre Karnation verdankten. Diese Vermutung wird durch eine Erzählung Houbrakens bestätigt, die wohl mehr Vertrauen verdient als seine übrigen Geschichten von Terborch.

Im Jahre 1672 war eine schwere Katastrophe über die Niederlande hereingebrochen, deren Macht und Ansehen durch die verfehlte Politik der aristokratischen Partei unter Führung des Ratpensionärs Jan de Witt allmählich ins Wanken geraten waren. England und Frankreich benutzten die Schwäche der Republik, und während König Karl II den Krieg zur See begann, fiel ein französisches Heer von hunderttausend Mann vom Niederrhein in Holland ein, und bald war das ganze Land von Feinden überschwemmt, die den größten Teil der festen Plätze einnahmen. Im August 1672 richtete sich die Wut des erbitterten Volkes gegen Jan de Witt, und nach seiner Ermordung wurde der junge, kaum 22jährige Prinz Wilhelm III von Oranien zum Statthalter, Generalkapitän und Großadmiral der Vereinigten Provinzen ernannt. Der junge Prinz entfaltete sofort eine energische Thätigkeit, um zunächst den Rest des Landes gegen den Einfall der Feinde zu schützen und mit den wenigen Truppen und Mitteln, die ihm zur Verfügung standen, wenigstens den Angriffskrieg im kleinen zu führen. Er griff überall persönlich ein, und so kam er auch nach Deventer, um die Befestigungswerke der Stadt zu besichtigen und sie gegen den Ansturm der Feinde verteidigungsfähig zu machen. Die Bürger von Deventer

wollten ihren Patriotismus und ihre Liebe zum Hause Oranien dadurch bethätigen, daß sie den Prinzen baten, sich von ihrem berühmten Mitbürger Terborch malen zu lassen. Der junge Mann, dessen Kopf von ganz anderen Dingen voll war, erklärte, daß er keine Zeit zum Sitzen habe, und suchte die Bürger von Deventer damit abzuspeisen, daß er ihnen eine Kopie seines von Kaspar Netscher gemalten Bildnisses versprach. Damit kam er aber schön bei den Bittstellern an. Triumphierend wiesen sie darauf hin, daß sie den Lehrer Kaspar Netschers in ihren Mauern hätten, also keiner Arbeit seines Schülers bedürften, und der Prinz mußte sich bequemen, dem Meister Terborch zu seinem Bildnis zu sitzen. Houbraken erzählt nun seltsame Dinge über die Unterhaltung der beiden, die sich keineswegs in höfischem Ton bewegte. Aber Terborch verstand es, auf einen groben Klotz einen noch derberen Keil zu setzen und den Übermut des jungen Prinzen so weit zu bändigen, daß dieser wenigstens still saß. Aus dieser Anekdote geht also hervor, daß Terborch imstande und gewohnt war, Bildnisse in verhältnismäßig kurzer Zeit, ohne Vorarbeiten, auf die Leinwand zu setzen. Wie Houbraken weiter erzählt, hat Terborch das Bildnis des Prinzen selbst behalten und erst später an einen Liebhaber in Amsterdam gegen einen Wagen vertauscht. Außerdem soll Terborch noch zwei andere Bildnisse des Prinzen gemalt haben; aber von allen dreien hat sich keines erhalten.

Im übrigen ist die Zahl der Terborchschen Bildnisse nicht gering. Sie sind freilich erst im letzten Jahrzehnt zum Vorschein gekommen und befinden sich auch zum größten Teil in Privatbesitz. In Berliner Privatsammlungen begegnet man allein vier solcher kleinen Bildnisse, und ebenso viele besitzt das Berliner Museum. Von diesen geben wir zwei wieder, die für Terborchs Geschmack in der Anordnung und für seine außerordentliche Feinheit in der Charakteristik bei schlichtester Auffassung und möglichst neutraler Färbung höchst charakteristisch sind (Abb. 43 und 44). Auch in Deventer, unter der Nachkommenschaft der Familie Terborch und bei anderen, hat sich eine beträchtliche Zahl von Bildnissen Terborchs erhalten, darunter die zweier Bürgermeister der Stadt. Ein Bildnis eines dritten Bürgermeisters, des Jan de Roever, besitzt Herr Wesselhöft in Hamburg.

Über Terborchs letzte Lebensjahre geben nur wenige urkundliche Notizen spärliche Auskunft. Noch im Jahre 1672, also wohl bald nachdem er den Prinzen von Oranien porträtiert hatte, verließ er die Stadt, vermutlich, um den Kriegsunruhen zu entgehen, die auch Deventer ergriffen hatten. Auf einer Liste der „Gemeensmannen" vom Jahre 1672 steht wenigstens bei seinem Namen der Vermerk „abwesend." Nach dem Tode seiner Frau, die ihm keine Kinder hinterließ, nahm der einsame Mann seine Halbschwester Sara in sein Haus. Aber auch sie starb im November 1680. Ein Jahr darauf, am 8. Dezember 1681, folgte er, 64 Jahre alt, den Seinen nach. Am 21. Juni desselben Jahres hatte er sein Testament gemacht und darin bestimmt, daß seine Leiche in seiner Vaterstadt Zwolle beigesetzt werden sollte. Dort fand sie ihre Ruhestätte in der Gruft der Familie in der St. Michaelskirche, und auf einer Steinplatte, unter der Terborch begraben ist, liest man noch jetzt die Anfangsbuchstaben seines Namens: G. T. B.

An Schülern hat es Terborch nicht gefehlt; aber von ihnen hat es nur einer zu größerer Bedeutung gebracht, der aus Heidelberg gebürtige Kaspar Netscher, den wir schon früher als Kopisten von Terborchs „Väterlicher Ermahnung" kennen gelernt haben. Wie sein Meister malte er Sittenbilder aus der vornehmen Gesellschaft, nur mit etwas glätterer und kleinlicherer malerischer Behandlung und mit einem leichten Anflug von Manieriertheit, die sich in seinen späteren Jahren noch verstärkte, als er im Haag vorzugsweise als Bildnismaler thätig war. Als solcher kam er mehr dem barocken Modegeschmack seiner Zeit entgegen als Terborch, der bis zuletzt ein unerreichtes Muster von klassischer Einfachheit und Objektivität war. Das Beste seines Könnens, sein unvergleichlich feiner malerischer Geschmack blieb eben sein Eigentum. Ihn konnte er nicht auf seine Schüler übertragen, die sich gleich den meisten niederländischen Künstlern am Ende des XVII. Jahrhunderts immer mehr dem französischen Barockstil gefangen gaben und darüber ihre Persönlichkeit verloren. In einer Zeit verwilderten Kunstgeschmackes steht Terborch als eine einsame Säule da, der letzte Großmeister holländischer Malerei vor ihrem völligen Untergang!

Jan Steen

Jan Steen. Nach dem Selbstporträt im Reichsmuseum zu Amsterdam.
Nach einer Originalphotographie von Braun, Clément & Cie. in Dornach i. E., Paris und New York.

Jan Steen.

War Terborch der objektivste und kühlste, so war Jan Steen, der „Liebling des holländischen Volks," der subjektivste, heißblütigste und genialste unter den Großmeistern der holländischen Sittenmalerei, jedenfalls der größte Humorist und zugleich Satiriker unter ihnen. Wie er selbst seinen Zeitgenossen gern ein Schnippchen schlug, so hat es mit ihm die Nachwelt gethan. Er lebt in ihrem Gedächtnis in zweierlei Gestalt. Die eine, die wir aus den Erzählungen seines Landsmannes Arnold Houbraken und seiner Nachschreiber kennen, ist ein Gemisch von Eulenspiegel und Trunkenbold, der mit Ehre, Gut und Menschenwürde ein verwegenes Spiel trieb, die andere hat zwar auch einen stark ausgeprägten feuchtfröhlichen Zug, hinter dem sich aber doch ein Mann verbirgt, dem keine unehrenhafte Handlung nachzuweisen ist. Um der Wahrheit einigermaßen nahe zu kommen, um das wirkliche Wesen dieses Zwittergeschöpfs ergründen zu können, wird man am besten thun, die Überlieferung nach den Urkunden zu kontrollieren und als oberste Instanz seine künstlerischen Schöpfungen reden zu lassen. Ein Mann, der uns so viele prachtvolle Werke hinterlassen hat wie er, darunter solche von höchster Vollendung in der malerischen Ausführung, kann kein verlumpter Trunkenbold gewesen sein.

Jan Steen ist der Sprößling einer alten Patrizierfamilie der Universitätsstadt Leyden. Dort wurde er im Jahre 1626 als Sohn eines wohlhabenden Kaufmanns und Bierbrauers geboren. Dieses Datum erfahren wir aus den Listen der Universität seiner Vaterstadt, bei der sich Jan nach dem Beispiel vieler anderer Maler im November 1646 als Student der Wissenschaften „im Alter von zwanzig Jahren" einschreiben ließ, und damit würde auch die urkundliche Nachricht, daß sich sein 1602 geborener Vater Havik Steen 1625 mit Elisabeth Capiteins vermählt hat, in Einklang stehen. Ob der junge Jan es mit den Studien ernst gemeint hat, müssen wir dahingestellt sein lassen. Aus einigen seiner Bilder merkt man aber, daß er kein ungebildeter Mann war, und auf ein gewisses Maß von Kenntnissen läßt schon sein ausgesprochener Hang zur Satire und zur Allegorie, seine Neigung, auf seinen Bildern Sinnsprüche und moralische Lehren anzubringen, schließen. Auch über seine künstlerische Erziehung sind wir nur mangelhaft unterrichtet. Ein Nachschreiber Houbrakens, Campo Weyermann, der in seinen Lebensbeschreibungen holländischer Maler manches Eigene beibringt, erzählt, daß Jan Steen zuerst ein Schüler des aus Leipzig gebürtigen Malers Nicolaus Knupfer gewesen sei, der um 1630 in Holland thätig war, und daß er dann zu Adriaen van Ostade in Haarlem und zuletzt nach dem Haag gegangen sei, wo er ein Schüler des Landschaftsmalers Jan van Goyen wurde. Mit diesen drei Künstlern hat aber Steens Art, zu malen, die Menschen zu betrachten und sie zu charakterisieren, wenig gemein. Daran aber, daß er sich einige Zeit als junger Mann in Haarlem aufgehalten und dort Eindrücke von Frans Hals empfangen habe, scheint etwas Wahres zu sein. Das hat W. Bode mit seinem bekannten Scharfblick für koloristische Eigentümlichkeiten herausgefunden. „Eine Anzahl von Bildern des Meisters," so schreibt er in seinen „Studien zur Geschichte der holländischen Malerei,“ „gewöhnlich Gesellschaftsstücke, in welchen das Thema ‚Wein, Weib und Gesang‘ in den verschiedensten Variationen zur Darstellung kommt, charakterisieren sich als Jugendwerke durch ihre große Leichtigkeit, aber zugleich auch Tüchtigkeit des Machwerkes und durch die helle, zuweilen selbst bunte Färbung. Um uns darüber ganz außer Zweifel zu lassen, verfehlt Jan Steen nur selten, seine eigene jugendliche Gestalt unter der heiteren Gesellschaft anzubringen. Das bezeichnendste Bild dieser Art befindet sich im herzoglichen Schlosse zu Dessau: eine Hochzeitsgesellschaft, deren ausgelassener Heiterkeit man es anmerkt, daß das Festmahl schon eingenommen ist, geleitet das junge Ehepaar zum Brautgemache — also schon ein echt Steenscher Vorwurf. In einem kleinen Raume hat der Meister hier 27 Figuren zusammengedrängt; die Anordnung ist noch eine rein zufällige, die Zeichnung nachlässig, aber sehr frei; die farbigen Stoffe sind in fast skizzenhafter Weise hingestrichen, die Köpfe mit breiten Pinselstrichen modelliert, die Färbung ist gleichmäßig hell und frisch, die Charaktere sind noch mehr typisch gehalten, kurz in allem verrät sich hier ein enger Anschluß an die Kunstweise des Dirk Hals, dem selbst einige Typen entlehnt zu sein scheinen.“

Dirk Hals war der jüngere Bruder des genialen Frans Hals. Er war der Maler der lustigen und lockeren Gesellschaft, die sich zumeist aus Offizieren, Soldaten und ihrem weiblichen Anhang zusammensetzte, und es scheint, daß sein eleganter, feiner, farbiger, malerischer Vortrag die jüngeren Maler mehr angezogen habe als die robuste, bisweilen etwas struppige Art des älteren Hals. Die Kunstweise des Dirk Hals läßt sich dann noch in einigen Bildern nachweisen, die etwa um das Jahr 1648 herum, wo Jan Steen in die Lukasgilde seiner Vaterstadt aufgenommen wurde, oder wenig später entstanden sind. Bode nennt von solchen Bildern einen humorvollen, schon von 1653 datierten Brautzug in der Galerie Six zu Amsterdam, die „lockere Gesellschaft“ in der Berliner Galerie (Abb. 1), die wüste Scene sinnloser Trunkenheit im Reichsmuseum zu Amsterdam (Abb. 2) und den mit einer Magd schäkernden Mann im

Städelschen Institut zu Frankfurt a. M. Da werden wir mit einem Schlage in die Sphäre versetzt, in der sich ein großer Teil der Scenen abgespielt hat, die Jan Steen dargestellt hat — in den Dunstkreis der niedrigsten Kneipen und schlechten Häuser, in denen die Besucher von Sirenen und Hyänen ausgeplündert werden.

Wer den derben Humor, aber auch die feine Satire Jan Steens genießen und verstehen lernen will, der darf nicht prüde sein, und am Ende werden auch die niedrigsten Schauspiele menschlicher Verworfenheit durch den koloristischen Reiz geadelt, den ihr Schöpfer ihnen mitzugeben weiß. Das Berliner Bild schildert den Einfluß von Wein, Weib und Gesang in seiner niedrigsten Ausartung. Über die Qualität der Gesellschaft, in die der verliebte Alte geraten ist, kann trotz des schmucken Aussehens der jungen Dirne, die den zudringlichen Verehrer nur wenig unsanft abzuwehren sucht, kein Zweifel sein. Alle sind ihre Verbündete, um den Trunkenen zu plündern, die alte Kupplerin, die ihm seinen Geldbeutel aus der Tasche zu ziehen sucht, die kecke Magd, die ihm den Hut vom Kopfe hebt, und der verschmitzt lächelnde Fiedler, dem Jan Steen seine eigenen Züge, etwa die eines 22jährigen Burschen gegeben hat. Er sieht den bekannten Kneipbrüdern des genialen Adriaen Brouwer sehr ähnlich, und wenn dieser um die Zeit, wo Jan Steen in Haarlem gelernt hat, auch längst nicht mehr am Leben war, so hat er sicherlich Bilder von ihm, wenn auch nur in Kopien oder in Kupferstichen, gesehen. Ein echt Brouwerscher Typus ist auch der grinsende Mann, der auf dem Frankfurter Bilde die widerstrebende Magd auf seine Knie herabzuziehen sucht, und mehr noch der trunkene Alte des Amsterdamer Bildes, der vergnügt sein Glas schwingt, während seine üppige Zechgenossin, bereits des Weines voll, mit der Last ihres Körpers auf sein Knie gesunken ist. An einem Bretterverschlag ist — ebenfalls nach Brouwers Art — ein Blatt angenagelt, auf dem zwischen einem brennenden Lichte und einer Brille eine Eule dargestellt ist. Darunter liest man die Verse: „Was nützt Licht und Brill, wenn die Eul' nicht sehen will?“ Dem Künstler war es also nicht um die bloße Darstellung eines Bacchanals im

Abb. 1. Lockere Gesellschaft. Im königl. Museum zu Berlin.
(Nach einer Photographie von Franz Hanfstängl in München.)

niederländischen Kneipenstile zu thun, sondern er hat auch eine moralische Nutz-
anwendung darangeknüpft. Denn während
der Alte sich sorglos seinem Genusse hin-
gibt, sind die drei Personen hinter ihm
beschäftigt, seine Kleider zu stehlen. Der
junge Mann an der Thür, der lächelud
auf seinen Kumpan deutet, der eine Baßgeige in der Hand hält, trägt wieder die
Züge Jan Steens.

Der dritte Lehrer des Künstlers soll Jan van
Goyen gewesen sein, der aus Leyden stammte,
aber schon seit 1631 im Haag thätig war.
Noch im Jahre 1648 war Steen in Leyden
ansässig, da er sich bei der am 18. März
dieses Jahres dort gegründeten Lukasgilde
als Mitglied einschreiben ließ. Im nächsten Jahre war er aber im Haag. Denn
er ließ sich am 3. Oktober 1649 mit Mar-

garete van Goyen trauen und zwar, weil
er katholisch war, auf dem dortigen Rathause durch die Schöffen, vermutlich weil
es Katholiken im Haag nicht gestattet war,
in ihrer Kirche rechtsgültige Eheschließungen
vorzunehmen. Ist nun aus dieser Familien-
verbindung erst später die Sage erwachsen,
daß Jan Steen ein Schüler seines Schwiegervaters gewesen sei und sich in dessen Hause
in sein Töchterlein verliebt habe? Fast
scheint es so. Denn man wüßte keinen
rechten Grund anzuführen, weshalb der
junge Steen gerade zu Jan van Goyen
in die Lehre gegangen wäre. Abgesehen
davon, daß seine Bilder mit denen van
Goyens keine Verwandtschaft haben, war
dieser in erster Linie Landschaftsmaler,
wenn er auch ein paar Genrebilder gemalt hat. Um das Verhältnis des an-

gebliehen Schülers zum Lehrer noch pikanter zu machen, erzählt Houbraken ein drolliges, wenn auch nicht gerade zartes Geschichtchen. Lehrer und Schüler gingen gewöhnlich nach der Tagesarbeit selband in die Schenke,

diese erste Skandalgeschichte, die Houbraken über Jan Steens leichtfertigen Lebenswandel zum besten gibt, erfunden. Denn Steen ließ zum erstenmal am 6. Februar 1651 taufen. Es war ein Sohn, der den Namen

Abb. 1. Nach dem Geiger. Im Reichsmuseum zu Amsterdam.
(Nach einer Originalphotographie von Braun, Clément & Cie. in Dornach i. E., Paris und New York.)

und eines Abends machte Jan Steen seinem Meister die Notwendigkeit klar, daß er ihm seine Tochter Margarete möglichst bald zur Frau geben müßte, wenn er nicht illegitime Großvaterfreuden erleben wollte. Wenn die Taufregister der katholischen Kirche im Haag lückenlos sind, ist schon

Thaddaus erhielt, und am 12. Dezember 1653 wurde eine Tochter auf den Namen Eva getauft. Um diese Zeit lebte der Künstler offenbar in guten Verhältnissen: denn er wurde am 17. März 1654 in die Bürgerschützengilde des Haag aufgenommen. Von seiner künstlerischen Thätigkeit in den

Abb. 3. Ein lachender Mann. Nach einer Zeichnung in Pariser Privatbesitz.
Nach einer Originalphotographie von Braun, Clément & Cie. in Dornach i. E., Paris und New York.)

erften Jahren feiner Ehe wiffen wir wenig. Nur ein Bild ift mit Sicherheit diefer Zeit zuzuschreiben, ein Familienbild, auf dem er sich, feinen Schwiegervater und deffen drei Töchter dargeftellt hat (im Befiße des Grafen d'Oultremont in Brüffel). Es ist eine Seltenheit, beinahe ein Unifum unter feinen Werken; denn wir fennen außer diesem Familienbilde nur noch ein einziges Bildnis von Jan Steens Hand, fein lebensgroßes Selbftporträt im Reichsmufeum zu Amfterdam (fiehe das Titelbild), das aber nur durch die Perfönlichkeit, nicht durch große fünftlerifche Vorzüge befticht. Es mag auch um die Mitte der fünfziger Jahre des XVII. Jahrhunderts entftanden fein, da es den Künftler nur wenig älter zeigt,

als wir ihn auf feinen ausgelaffenen Jugendbildern kennen gelernt haben. Aber auch auf diefem gewiffermaßen offiziellen Bildniffe umfpielt der Schalk feine Lippen. Es fehlt nur noch wenig, so verzerrt er fie zu einer luftigen Grimaffe. Offenbar lag es nicht in der quecffilberigen Natur des Künftlers, ftundenlang in mühfamer Arbeit vor einem sogenannten „Sißgeficht" felber ftill zu fißen. Ihn intereffierte der Menfch nur, wenn er feine ganze Figur oder doch wenigftens feinen Kopf in irgend einer Bewegung oder einem Affekt fpielen ließ. Unter den wenigen Studien und Zeichnungen des Meifters, die auf uns gekommen find, ift dafür der Kopf eines lachenden Mannes charakteriftifch, der mit

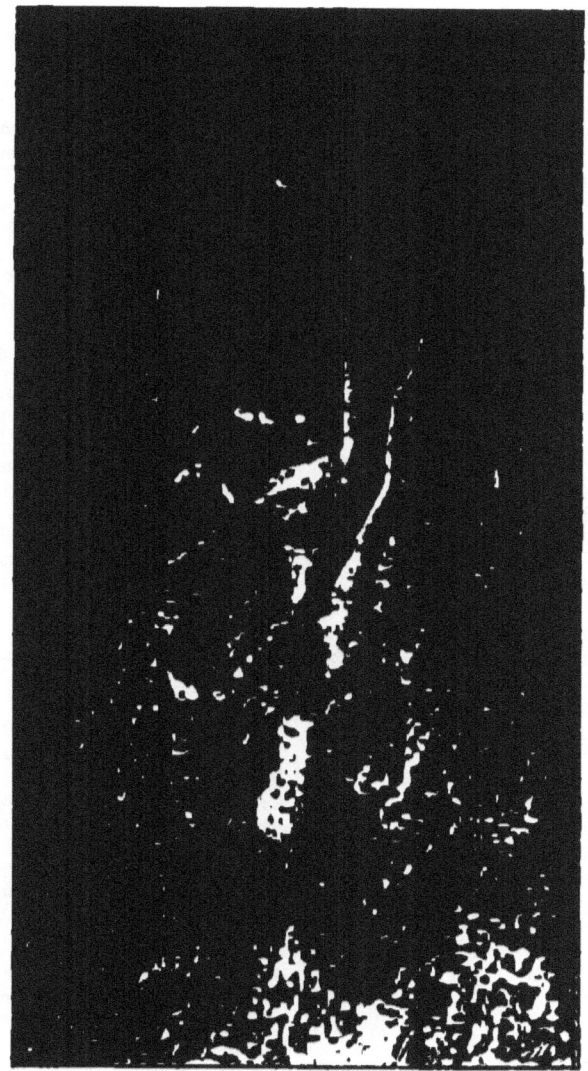

Abb. 4. Studie nach einem jungen Manne. Im königl. Kupferstichkabinett zu Dresden.
(Nach einer Originalphotographie von Braun, Clément & Cie. in Dornach i. E., Paris und New York.)

dem Monogramm des Künstlers (einer Ver-
schlingung der Anfangsbuchstaben seines
Namens J und S) bezeichnet ist (im Pariser Privatbesitz, Abb. 3). Er hat den
Mann einmal auf der Straße oder wahr-
scheinlicher im Wirtshause gesehen und die
Physiognomie schnell mit Kreide in seinem
Skizzenbuche festgelegt. Denn das Lachen
in allen seinen Stadien, vom Stillvergnügt-
sein, von dem leisen Insichhineinlachen bis

zum bakchantischen Toben, zu studieren, war
ihm eine Hauptlust. Ein Bewegungsmotiv
hat er sich auf einer ähnlichen Studie,
die sich im Dresdener Kupferstichkabinett
befindet (Abb. 4), notiert. Aber auch dieses
Blatt ist nur eine flüchtige Arbeit ohne
persönlichen Reiz. Auf eingehende Vorstudien sich einzulassen, hatte der Künstler
keine Zeit. Denn daß er neben der Kunst
noch ein zweites Geschäft betrieb, ist leider
durch Urkunden belegt worden, die wenigstens die Grundlage vermuten lassen, aus
der der Anekdotenerzähler Houbraken seine
tollen Geschichten mit anderer Hilfe heraus-
ziehen konnte.

Am 22. Juli 1654 pachtete Jan Steen
nämlich auf sechs Jahre die Brauerei „die
Schlange" in Delft, vermutlich auf Zu-
reden seines Vaters, der in dem Vertrage
als Bürge für die Pachtsumme auftrat,
die jährlich 400 Gulden betrug. Als Steen
diesen Vertrag unterzeichnete, wohnte er
noch im Haag. Ob er die Brauerei in Delft
selbst betrieb oder durch andere betreiben
ließ, wissen wir nicht. Soviel ist aber
sicher, daß das Brauereigeschäft bald schief
ging. Denn aus einer Urkunde vom Jahre
1656 geht hervor, daß Steen damals schon
wieder eine andere Brauerei, die den
anmutigen Namen „in der Roskam" führte,
und eine zweite Urkunde vom 7. Juli
1657 macht uns mit der betrübenden Thatsache bekannt, daß der Vater Jan Steens
in Delft erschienen war, um für die Schulden seines Sohnes aufzukommen, mit dem
er die Brauerei in Compagnie betrieben
hatte.

Nach der Erzählung Houbrakens hätte
Jan Steen diesen Verfall des Geschäftes
durch sein maßlos liederliches Leben ver-
ursacht. Er hätte nicht verstanden zu wirt-
schaften und seine Frau noch weniger, und
da die Brauerei bald stille stand, weil das
Bier verkauft, das dafür eingenommene
Geld verliedert und zu einem neuen Bräu
kein Geld zum Einkauf des Malzes vor-
handen war, soll eines Tages Frau Margarete, die in ihrer Wirtschaft denselben
Faden spann, wie ihr leichtsinniger Gatte,
diesen sehr energisch aufgefordert haben,
die Brauerei wieder lebendig zu machen.
Der Spaßvogel nahm den Auftrag wört-
lich. Er pumpte zunächst den leeren Braukessel voll Wasser, ging auf den Markt

und kaufte ein paar Enten. Die setzte er
zu Hause in den Braukessel und schüttete
sein letztes Malz dazu. Als dann die
Enten ängstlich wieder aufflogen und Frau
Margarete, durch den Lärm erschreckt,
hineinstürzte, fragte sie der unverwüstliche
Humorist, ob es ihr nun lebendig genug
wäre. Da machte denn auch Frau Margarete, die selbst gern lachte, gute Miene
zum bösen Spiele, und es blieb alles beim
alten.

In Wahrheit gab es aber um diese
Zeit für Jan Steen und seine Verwandtschaft sehr wenig zum Lachen. Im April
des Jahres 1656 war der Vater und
Schwiegervater Jan van Goyen gestorben
und hatte den Seinigen nichts als Schulden
hinterlassen. Obwohl er ein sehr fleißiger
Mann war und eine enorme Masse von
Bildern malte, trug ihm seine Kunst so
wenig ein, daß er sich genötigt sah, nach
einem Nebenerwerb zu greifen. Er legte
sich auf Häuserspekulationen, trieb eine Zeitlang einen Tulpenhandel und versuchte es
zuletzt in großem Maßstabe mit dem Ver-
kauf von Bildern anderer Maler. Immer
fehlte es ihm aber bei diesen Geschäften
an barem Gelde, worüber uns die Urkunden betrübende Auskunft geben. Einmal kaufte er im Jahre 1637 von dem
Bürgermeister Ravesteyn im Haag für 858
Gulden Tulpen, später noch für eine größere
Summe, und als Ravesteyn im Jahre 1641
starb, stellte es sich heraus, daß ihm van
Goyen noch 897 Gulden und ein Bild
im Werte von 32 Gulden schuldig geblieben
war. Er malte also Bilder für 32 Gulden,
während von den Tulpen, wie die erhaltene
Liste ergibt, einzelne 60 Gulden das Stück
gekostet hatten. Am 2. April 1652 wurden
in seinem Hause für 3749 Gulden Bilder
verkauft, und im April 1654 hielt er abermals eine Bilderversteigerung ab, die 2812
Gulden einbrachte. Trotzdem starb van
Goyen insolvent. Seine Witwe scheint
aber einiges vor den Gläubigern gerettet
zu haben. Denn wenige Monate nach dem
Tode ihres Gatten veranstaltete auch sie
eine Bilderauktion, die noch 2115 Gulden
eintrug.

Die Vermutung liegt nahe, daß Jan
Steen von der finanziellen Katastrophe seines
Schwiegervaters mitbetroffen wurde. Denn
um die Mitte der fünfziger Jahre zog er

Abb. 5. Die Menagerie. In der königl. Galerie des Haag.

nach Leyden, wo er doch in seinem Vater eine Stütze hatte. Aber lange hielt er es hier nicht aus. Noch im Jahre 1658 leistete er seinen Mitgliederbeitrag an die Lukasgilde; aber unter der Quittung dafür steht die Notiz: „Aus der Stadt verzogen." Er scheint nunmehr seinen Wohnsitz in Haarlem genommen zu haben, wo er freilich erst im Jahre 1661 erwähnt wird. Mit dieser Übersiedelung nach Haarlem beginnt die glänzendste Periode seiner künstlerischen Thätigkeit, wobei allerdings zu berücksichtigen ist, daß die Bilder Jan Steens, die mit Jahreszahlen bezeichnet sind, mit wenigen Ausnahmen, die wir später erwähnen werden, in dem Jahrzehnt von 1660 bis 1671, also in der Haarlemer Zeit entstanden sind. Die überwiegende Mehrzahl seiner Bilder ist aber nach ihrer Entstehung sehr schwer chronologisch zu bestimmen, weil Jan Steen leider sehr ungleich malte.

Am Anfange dieser Periode stehen zwei Bilder, die beinahe schon die Pole bezeichnen, zwischen denen sich Jan Steens Kunst bewegte, das eine wenigstens. Denn er hat niemals etwas Anmutigeres, etwas kindlich Naiveres gemalt als das unter dem Namen „die Menagerie“ bekannte Bild von 1660 (in der Galerie des Haag, Abb. 5). Das kleine Mädchen im Hühnerhof, das einem Lämmchen zu trinken gibt, ist nach Lemckes treffender Charakteristik wirklich „eine kleine Jungfrau Maria, ein Bild der Unschuld,“ eine „Cherubimgestalt,“ wie derselbe Schriftsteller sagt, den Jan Steen wegen seiner ursprünglichen, mit beiden Händen aus dem Vollen schöpfenden Genialität gern mit Mozart vergleicht. Von der Gestalt des holden Kindes verbreitet sich ein gleichmäßig wohlthuendes, warmes Licht über das ganze Bild, auf die Menschen und die Tiere, auf den kahlköpfigen Diener, der im Vorübergehen, nachdem er die Eier im Hühnerstalle gesammelt, einen Blick voll Stolz und Liebe auf die Kleine wirft, und auf den mißgestalteten Zwerg im Hintergrunde, über dessen häßliche Züge bei diesem Anblick ein Sonnenstrahl gleitet. Und welch' eine Meisterschaft hat der Künstler in der Darstellung des bunten Federviehes entfaltet! Jedes hat er in seiner Art und in seinem Gebaren richtig erfaßt und jedem sein richtiges Kleid gegeben. Und dabei zerstreut er sich nirgends die Aufmerksamkeit durch aufdringliche Kleinmalerei! Er hat das Ganze, im Geiste oder mit den leiblichen Augen, so gesehen, wie er es dargestellt hat, ohne sich lange zu besinnen oder sich mit langen Vorstudien aufzuhalten. Sonst hätte er nicht bei seinen vielfachen geschäftlichen und vergnüglichen Abhaltungen und Zerstreuungen über fünfhundert Bilder fertig bringen können. „Er sieht alles sogleich im Bild, lebendig nach der Tiefe,

abgeschlossen, er komponiert im Raume. Er empfindet und erlebt alles, was er malt.“

Das zweite der obengenannten Bilder, die zwei Pole bezeichnen, trägt zwar nicht die Jahreszahl 1660, ist aber, wie sich aus gewissen koloristischen Eigentümlichkeiten ergibt, um diese Zeit entstanden. Es ist der berühmte „Prinzessdag,“ der Prinzentag, d. h. die Feier des Geburtstages des jungen Prinzen Wilhelm von Oranien, die der Künstler mit seinen Freunden und Nachbarn in seinem eigenen Hause und zwar in großem Stile begeht (Abb. 6). Es war für das damalige Holland etwa so viel wie Königsgeburtstag bei uns. Die festesfrohen Holländer hatten sich zwar in der Mehrzahl von den katholischen Stammverwandten in den südlichen Niederlanden politisch und dem Bekenntnis nach getrennt, aber die Hauptfesttage feierten sie nach wie vor mit großen Gelagen. Damit waren sie aber nicht zufrieden, und so kam ihnen in dem „Prinzentage“ die erwünschte Zugabe eines nationalen Feiertages. Im Gegensatze zu der herrschenden aristokratischen Partei, deren politische Mißwirtschaft schon um 1660 auf dem holländischen Volke schwer lastete, hing dieses mit Liebe und freudiger Hoffnung an dem damals einzigen Sprossen der tapferen Oranier, an dem am 14. November 1650 geborenen Prinzen Wilhelm III. von Oranien, der später auch wirklich, kaum den Knabenjahren entwachsen, der holländischen Republik in der höchsten Not als Retter erstand. So wurde der 14. November bald zum Festtag, an dem sich alle Patrioten versammelten, um nach des Landes Brauch bei üppigem Gelag viele Gläser und Kannen auf das Wohl des jungen Prinzen zu leeren. Das ist denn schon auch bei dem Schmause, den Jan Steen seinen Gevattern und Nachbarn gibt, sehr reichlich geschehen. Ein wackerer Schlächter hat sich zu ritterlicher Huldigung vor einer jungen Frau auf dem einen Knie niedergelassen und schüttet dabei den Inhalt eines weitbauchigen Humpens in seine Kehle. Diese drollige Situation hat die nächsten der Tafelrunde zu ungemessener Heiterkeit begeistert. Das dicke Paar an der oberen Tischseite droht vor Lachen beinahe zu bersten; aber am herzlichsten, fast bis zu Thränen lacht Jan Steen selber, der mit

der Hand durch die Luft fuchtelt, als
wollte er dem possierlichen Courmacher
wenigstens pantomimisch Beifall zuwinken,

Steensche Figur: ein zierliches Köpfchen mit
seinem Profil, ein wahres Soubrettengesicht
wie aus einer Komödie Molières, ein

Abb. 6. Der Ringelstag. Im Reichsmuseum zu Amsterdam.
Nach einer Originalphotographie von Braun, Clément & Cie. in Dornach i. E., Paris und New York.

weil er vor Lachen nicht reden kann. Die
junge Magd mit der Kanne, die gerade
an ihm vorübergehen will, aber bei dem
hellen Jubel innehält, ist eine echt Jan

schlanker Wuchs und die Haltung voll
Kraft und Anmut zugleich! Ist etwa die
junge Frau im Lehnstuhl, an die sich ein
kleines Mädchen anklammert, Jan Steens

Abb. 7. Das Schlafzimmer. Im Buckinghampalast zu London
(Nach einer Originalphotographie von Braun, Clément & Cie. in Dornach i. E., Paris und New York.

eigene Gattin? Fast möchte man es glauben, denn wir begegnen diesem feingeschnittenen Kopfe mit der hohen Stirn, der langen, in der Mitte eingesunkenen, nach unten aber wieder spitz zulaufenden Nase noch auf mehreren Bildern des Meisters, die ihn und seine Familie darstellen. Gewöhnlich sitzt sie an seiner Seite wie auf dem Familienbilde im Haag, das sie noch in frischer Jugendblüte darstellt, und auf dem Bohnenfeste in Kassel.

Der „Prinzentag" zeichnet sich unter den Bildern des Meisters durch eine besonders fleißige, gleichmäßig sorgsame Durchführung aus. Man achte besonders auf den Schemel, auf dem ein Hut liegt, und

auf das am Boden herumstehende Küchen- lebhaft besucht und von Künstlern gern
gerät, namentlich auf die kupfernen Kessel dargestellt wurde (in der Sammlung de
und die Zinnkanne rechts. Es ist richtig, Stuers im Haag). Ein bestimmtes Datum,
daß Jan Steen, wie ein holländischer Kri- die Jahreszahl 1663, finden wir dann erst
tiker bemerkt, wenn er gewollt hätte, ein wieder auf einem der feinsten Bilder Jan
ebenso trefflicher Stilllebenmaler hätte werden Steens, dem „Schlafzimmer" im Buding-
können wie sein berühmter Leydener Stadt- hampalast zu London (Abb. 7), mit welchem

Abb. 8. Die Familie Jan Steens. In der königl. Gemäldegalerie im Haag.
(Nach einer Originalphotographie von Braun, Clément & Cie. in Dornach L. E., Paris und New York.)

und Kunstgenosse Gerard Dou. Noch andere dieser Tausendkünstler die großen Schilderer
seiner Bilder sprechen für seine Virtuosität in des in Innenräume einfallenden Lichtes,
der Wiedergabe und der feinen malerischen Pieter de Hooch und Jan van der Meer
Anordnung solcher Stillleben, die für ihn von Delft, getrost in die Schranken fordern
jedoch nur etwas Nebensächliches sind. darf. Es ist eine intime Toilettenscene,

Um das Jahr 1660 ist noch ein drittes die aber so zart und anmutig behandelt
figurenreiches Bild des Meisters entstanden. ist, daß man schwerlich etwas Unschickliches
Es stellt das lustige ungebundene Treiben dabei finden wird. Jan Steen ist zwar
auf der Kirmes zu Ruswijk dar, einem in vor dem Derben und Unflätigen nicht zurück-
in der Nähe des Haags gelegenen Dorfe, geschreckt; aber der Vorwurf, daß er auf die
das von den Bewohnern der Hauptstadt Erregung des Sinnenreizes gearbeitet hat,

Abb. 9. Das Nikolausfest. Im Reichsmuseum zu Amsterdam.
(Nach einer Originalphotographie von Braun, Clément & Cie. in Dornach i. E., Paris und New York.)

läßt sich gegen ihn nicht begründen. Wir haben Ursache anzunehmen, daß auch diese junge Frau, die in der Morgenfrühe ihre Toilette beendet, die Gattin des Künstlers ist. Wir begegnen ihr nämlich wieder auf dem figurenreichen Bilde in der Galerie des Haag, welches die ganze Familie Jan Steens vorführt, zugleich aber bei der bekannten Liebhaberei des Meisters für sinnbildliche Darstellungen das beliebte holländische Sprichwort „Wie die Alten sungen, so piepen auch die Jungen" veranschaulichen soll (Abb. 9). Die alte Frau im Vordergrunde, die das jüngste Kind mit dem zum Schutze gegen Zusammenstöße dienenden Kopfring auf dem Schoße tanzen läßt, ist offenbar die Großmutter und der Mann mit dem Notenhefte hinter ihr der Großvater, aber nicht der übermütige Jan van Goyen, der, wie wir aus seinen Bildnissen wissen, ganz anders aussah, sondern vermutlich Jan Steens Vater, der ehrsame Leydener Bierbrauer. Da der älteste Sohn, der die Flöte bläst, der im Jahre 1651 geborene Thaddäus, auf dem Bilde etwa als zwölfjähriger erscheint, dürfte das Bild ebenfalls um 1663 gemalt sein, und damit stimmt auch das Alter des jüngsten Kindes. Denn nach einer urkundlichen Nachricht war der 6. Dezember, der Todestag des Heiligen, der früher in den Niederlanden, in Deutschland und in der Schweiz als Volksfest gefeiert wurde und in einer Bescherung für die Kinder gipfelte. Hier ist das kleinste Kind, offenbar der Liebling der Familie, am reichsten mit einer Puppe und anderem Spielzeug bedacht worden, das sie mit drolliger Miene vor der im

Abb. 10. Schlägerei beim Kartenspiel. In der königl. Pinakothek zu München.

ließ Jan Steen im Jahre 1662 in Leyden eine Tochter auf den Namen Elisabeth taufen. Der Lustigste auf dem ganzen Bilde ist wieder Jan Steen selbst, der mit berechtigtem Stolz auf seinen Ältesten blickt, der ihm sozusagen aus den Augen geschnitten ist.

Auch das „Nikolausfest" im Reichsmuseum zu Amsterdam (Abb. 9) scheint eine Scene aus Jan Steens stets bunt bewegter Häuslichkeit darzustellen. Wenigstens begegnen wir wieder dem alten Paar, das wir auf dem Familienbilde des Haag kennen gelernt haben. Der Nikolaustag

Scherze danach verlangenden Mutter in Sicherheit zu bringen sucht. Dem ältesten Sohne wird dagegen als seine Niklasgabe von einem Mädchen eine Rute im Schuh präsentiert; aber wie er darüber in Thränen ausbricht, ersteht ihm schon in der alten Großmutter eine Trösterin, die ihn hinten an der Thür heimlich beiseite winkt, weil sie ihm etwas Erfreulicheres mitgebracht hat.

Wie eng in der Phantasie und in der Kunst dieses genialen Mannes die Extreme bei einander wohnten, beweist die von 1664

datierte „Schlägerei beim Kartenspiel" (in
der Münchener Pinakothek, Abb. 10), die
also um dieselbe Zeit entstanden ist wie

lebendig. Wenn auch die zeitlichen und
örtlichen Verhältnisse eine unmittelbare Ein-
wirkung Brouwers auf Jan Steen aus-

Abb. 11. Das Bohnenfest. In der königl. Gemäldegalerie zu Kassel.

jene anmutigen Bilder aus dem Familienleben, jene naiven Schilderungen fröhlichen
Kinderglückes. Beim Anblick dieses wüsten
Schauspieles menschlicher Leidenschaften wird
wieder die Erinnerung an Brouwer in uns

schließen Brouwer starb in Antwerpen,
als Steen zwölf Jahre alt war , so ist
doch ein enger Zusammenhang dieser und
anderer Kneipenscenen Steens mit ähnlichen Brouwers nicht abzuweisen. Wir

haben schon früher diesen Zusammenhang betont, und noch deutlicher erscheint er uns auf diesem in Haarlem gemalten Bilde Jan los, daß in Haarlem zahlreiche Bilder und Zeichnungen von ihm bei Kneipenwirten und anderen Gläubigern hängen geblieben

Abb. 12. Das Dreikönigsfest. Im Buckinghampalast zu Landon. Nach einer Originalphotographie von Braun, Clément & Cie. in Dornach i. E., Paris und New York.

Steens. In Haarlem war Brouwers Künstlergröße zu ihrer Eigenart herangereift, und bei dem Lebenswandel, den der geniale Wüstling geführt hat, ist es zweifel- sind. Daran bildete sich zunächst die folgende Generation, bis die Besitzer dieser gemalten Possenspiele zu ihrem Erstaunen gewahr wurden, daß sie Liebhaber fanden, die schweres Geld dafür zahlten. Aus Auktionskatalogen des XVII. Jahrhunderts ist ermittelt worden, daß Bilder von Brouwer nicht lange nach seinem Tode sehr selten gelang es ihm, 50 Gulden herauszuschlagen.

Auf dem Münchener Bilde der Schlägerei im Wirtshause sind besonders die beiden

Abb. 17. Das Dreikönigsfest. Im kgl. Museum zu Brüssel

schon mit 200 Gulden, in einigen Fällen sogar mit 500 Gulden bezahlt wurden, während Jan Steen für seine viel inhaltreicheren und lustigeren Bilder im Durchschnitt 20 Gulden bekam. Nur kämpfenden echt Brouwersche Gestalten, der Gauner in städtischer Tracht, der in behender Bewegung dem Fußtritt des übertölpelten Bauern zu entwischen sucht und heimtückisch seinen Säbel aus der Scheide zieht, und der betrunkene Bauer selbst, der mit tierischer Wut auf den Betrüger losgeht, dann aber auch der zweite Trunkenbold dicht an der Thür, der stumpfsinnig dem Schauspiel zusieht. Aber die Wirtin, die den rabiaten Bauern mit beiden Art zu kochen, zu braten, zu trinken und ihre Vorräte aufzubewahren, von ihren Haus- und Küchengeräten, von ihren Sitz- und Schlafgelegenheiten. Es gibt kaum einen von Jan Steen gemalten Innenraum, in dem nicht irgend ein Käfig an einem

Abb. 14. Die Serenade. Im Museum zu Prag.
Nach einer Photographie von Franz Hanfstängl in München.)

Armen umklammert, um ihn von der Gewaltthat abzuhalten, und dabei laut um Hilfe schreit, ist eine ureigene Schöpfung Jan Steens, und der ganze Raum, in dem sich die wüste Scene abspielt, hat in der architektonischen Gestaltung, in der Beleuchtung und in allem Beiwerk sein Gepräge. Aus dem Studium aller Einzelheiten gewinnen wir ein Bild von den Lebensgewohnheiten dieser Leute, von ihrer Seil von der Decke herabhängt. Wenn er aus Weidenstäben geflochten ist, wie auf dem Münchener Wirtshausbilde, werden wir wohl Hühner oder Tauben als Insassen vermuten dürfen, ein vergängliches Geschlecht, dessen lustiger Wohnsitz immer von der Decke herabgelassen wird, wenn es gilt, eines der zahlreichen Feste durch einen besonders feinen Braten zu verherrlichen. Die tägliche Nahrung in den niederländischen Wirtshäusern des XVII. Jahrhunderts scheint, wo es überhaupt solche für die Gäste gab, nur sehr dürftig gewesen zu sein. Auch auf Jan Steens Familienbild (Abb. 8) sehen wir einen aus Ruten die fette Gestalt erschütternden Lachens, und lauscht mit gespannter Aufmerksamkeit, feuchtfröhlich im ganzen Gesicht, dem ohrenzerreißenden Konzert, das ein bejahrter Mann in komischer Verkleidung mit Hilfe

Abb. 15. Die Musikstunde. In der Nationalgalerie zu London.
(Nach einer Originalphotogravüre von Braun, Clément & Cie. in Dornach i. E., Paris und New York.)

geflochtenen Käfig von der Decke herab hängen. Es scheint aber nicht die sogenannte „gute Stube" zu sein. Viel vornehmer sieht es auf dem von 1668 datierten „Bohnenfeste" in der Galerie zu Kassel (Abb. 11) aus, das ebenfalls in der Familie des Malers gefeiert wird. Er sitzt selbst am Tische, in der vollen Majestät seines eines metallenen Topfes vollführt. Er wird darin von einem Jungen auf der linken Seite des Bildes unterstützt, der sich einen Trichter auf den Kopf gestülpt hat und einen Rost mit einer eisernen Kohlenschaufel wie eine Violine bearbeitet. Jan Steens Hausfrau ist die behäbige Frau im Vordergrunde, die sich, die Weinkanne in der Rechten,

Abb. 16. Das galante Anerbieten. Im Museum zu Brüssel.

über ihre Stuhllehne nach rückwärts zu ihrem Jüngsten wendet. Es sind dieselben anmutigen, stets von einem sonnigen Lächeln erhellten Züge, die wir zuerst an der jungen Frau kennen gelernt haben, die ihre Morgentoilette macht. Nun hat der Wein allmählich sein Werk gethan und die lieblichen Züge etwas aufgeschwemmt. Der kleine Kerl, auf den sie mit mütterlichem Wohlgefallen blickt, ist der Held des Abends, und darum bekommt er auch ein Glas Wein zu trinken. Er ist der Bohnenkönig geworden! Denn es war ein in den südlichen wie in den nördlichen Provinzen der Niederlande gleich beliebter Brauch, am Tage der heiligen drei Könige, der schon an und für sich ein Feiertag war, während des reichlichen Mahles auch einen großen Kuchen zu essen, in den eine Bohne verbacken war. Wer beim Zerschneiden des Kuchens das

Stück mit der Bohne erwischte, wurde zum Bohnenkönig proklamiert, mit einer papiernen Krone gekrönt und führte den Vorsitz bei Tisch.

Solcher Bohnen- oder Dreikönigsfeste hat Jan Steen mehrere gemalt. Ein zweites, dessen Schauplatz die geräumige Gaststube eines Wirtshauses ist, befindet sich im Buckinghampalaste zu London (Abb. 12), ein drittes im königl. Museum zu Brüssel (Abb. 13). Hier hat die Ausgelassenheit der trunkenen Gesellschaft bereits ihren Höhepunkt erreicht. Der Bohnenkönig muß auf seinem wackeligen Thron schon von einem Zechkumpan gehalten werden, und die alte dicke Wirtin macht mit dem Kochlöffel auf dem eisernen Rost einen solchen Höllenlärm, daß die Tischgenossen es gar nicht merken, daß drei vermummte und maskierte Gesellen mit ähnlichen Instrumenten zu ihnen gedrungen sind. Der erste bringt sogar eine düstere Mahnung in den tollen Jubel hinein, indem er einen Totenkopf auf einer Schüssel und als einen Abschluß dieses Volksfestes werden wir wohl die Serenade im Prager Museum aufzufassen haben, die eine Anzahl grotesk maskierter Personen bei Fackellicht

Abb. 17. Das Wirtshaus Jan Steens. In der Galerie des Haag.

erhebt. Hier zeigt also Jan Steen wieder einmal sein Doppelgesicht: neben dem des lustigen Zechers auch das des Moralisten, der dem Völlchen, das der Teufel schon beim Kragen hat, noch eine ernste Lehre mit auf den Weg gibt. Solche Umzüge, Mummenschanz und Katzenmusiken gehörten zu den Festbräuchen des Dreikönigstages, und Mondenschein einem ihrer guten Freunde darbringen (Abb. 14).

Wenn wir noch die Triktrakspieler von 1667 in der Ermitage zu St. Petersburg und die Musikstunde vom 1671 in der Nationalgalerie zu London (Abb. 15) nennen, haben wir die Liste der datierten Bilder Jan Steens beinahe erschöpft, mit

Abb. 18. Die Kartenspieler. Im Buckinghampalast zu London.
(Nach einer Originalphotographie von Braun, Clément & Cie. in Dornach i. E., Paris und New York.

diesen und den außerdem erwähnten aber auch schon so ziemlich den ganzen Umkreis seines Schaffens, seine große Universalität gelennzeichnet. Jetzt begreifen wir es, wie recht Karl Lemcke hat, wenn er von Jan Steen sagt: „Er umfaßt das ganze Gebiet des Komischen seiner Zeit vom Derb-Gemeinen, Unflätigen, Karikierten durch alle Weisen der Jovialität und Freude, des Jubels und Trubels in Zucht und Unzucht bis zum Wild-Bakchischen holländischen Stils und zur schneidendsten Satire mit dämonisch genialer Kraft ... Er umfaßt den menschlichen Ausdruck vom Gemeinsten, Verzerrten, Dämonischen bis zum Kindlich Naiven und Edlen. Er kann so fein und zart sein, und unwillkürlich selbst gestaltet er oft Nobles, wie sehr er das Unbändige liebt

und am Fratzenhaften sich ergötzt.“ Er hat von allen großen Genremalern etwas angenommen und nach seiner Art verarbeitet. In der obenerwähnten „Musikstunde“ tritt er dicht an die Seite Terborchs. In dem Brüsseler Dreikönigsfeste wetteifert er mit Jakob Jordaens, dem klassischen Darsteller dieser Festlichkeiten, und ebensogut wie Brouwer hat er Rubens studiert, was uns durch ein interessantes Bild des Meisters in der Ermitage zu St. Petersburg bezeugt wird. Es ist die Darstellung eines Krankenzimmers mit einem breithaften Greise in einem Lehnstuhl, dem zwei junge Frauen lächelnd Knochen anbieten. In der einen Hand hält er eine Börse. Aber was hilft ihm alles Geld, da der Arzt, der gerade ins Zimmer tritt, ihm strenge Diät ver-

Abb. 19. Der Violinspieler. Im Budingbampalast zu London.
Nach einer Originalphotographie von Braun, Clément & Cie. in Dornach i. E., Paris und New York.)

ordnet hat, wofür die auf dem Fußboden neben einem Bratofen herumliegenden Eierschalen sprechen? Mit dieser satirischen Glosse hat sich der schalkhafte Künstler aber nicht begnügt. Über dem Bett des Patienten hängt — wie zum Hohn! — ein Bild, das die von den beiden Greisen im Bade überfallene Susanna darstellt. Dieses Bild ist die Kopie einer bekannten Komposition von Rubens.

Wenn wir uns nun in den Urkunden nach den Schicksalen Jan Steens während seines Aufenthaltes in Haarlem umsehen, so finden wir, daß er eigentlich keine Ursache zu der humoristischen Stimmung gehabt hat, die die Mehrzahl der nach den Jahreszahlen dort gemalten Bilder erfüllt. Daß er im Jahre 1662 eine Tochter auf den Namen Elisabeth hat taufen lassen, haben wir schon erwähnt. Vielleicht hat er auch noch mehr Familienzuwachs erhalten. Denn schon im Jahre 1666 war er genötigt, 450 Gulden zu 6 Prozent leihen zu müssen, und da er sich die Zinsen des ersten Jahres (27 Gulden) nicht abziehen lassen wollte, rade Bildnisse waren bei den holländischen Pfahlbürgern die gangbarsten Kunstartikel. Im Jahre 1667 bezahlte er eine Schuld im Betrag von 45 Gulden in Delft mit einem alten Schuldschein von einem Delfter

verpflichtete er sich, dafür drei Bildnisse zu liefern und zwar „so gut oder übel, wie er sie eben malen konnte." Danach hielt er es nicht unter seiner Würde, Porträts für neun Gulden das Stück zu malen. Freilich war, wie wir wissen, die Bildnismalerei nicht seine stärkste Seite, und ge Zimmermann, der ihm diese Summe noch aus der Zeit, wo er die Brauerei in Delft besaß, für geliefertes Bier schuldig war. 1669 traf ihn ein doppelter Schlag. Er verlor seinen Vater und seine Frau durch den Tod. Trotz seiner mißlichen Lage ließ er die fröhliche Genossin seiner besten Tage anständig begraben. Aber die während ihrer Krankheit entstandenen Kosten für den Apotheker war er schuldig geblieben. des Meisters vorhandenen Bilder öffentlich versteigern. Dieser Unglücksfall scheint seinen Ruin völlig besiegelt zu haben.

Abb. 51. Holländisches Fest in einem Dorfwirtshause (um 1674). Im Louvre zu Paris. (Nach einer Originalphotographie von Braun, Clément & Cie. in Dornach in E., Paris und New York.

Es handelte sich um die geringfügige Summe von zehn Gulden, und da Jan Steen sie nicht bezahlen konnte, ließ der Apotheker im Februar 1670 die in der Werkstatt Er verließ Haarlem und begab sich wieder nach seiner Vaterstadt, wo er freilich erst im Jahre 1672 wieder in den Urkunden vorkommt. Aber schon die erste

6*

Abb. 71. Frohlicher Heimkehr. Im Reichsmuseum zu Amsterdam.

Erwähnung hat mit seinem künstlerischen Berufe nichts zu thun. Was Houbraken in seiner viel Falsches mit wenig Wahrem mischenden Lebensgeschichte Jan Steens erschaft" zu betreiben, und da der Wirt eine Frau Wirtin brauchte, heiratete er am 22. April 1673 die Maria van Egmont, Witwe des Buchhändlers Nicolaus Herculeus. Für

Abb. 23. Schlechte Gesellschaft. Im Louvre zu Paris.
(Nach einer Originalphotographie von Braun, Clément & Cie. in Dornach i. E., Paris und New York.)

zählt, daß dieser nämlich in seinen letzten Lebensjahren Schankwirt gewesen sei, wird in der That durch die Urkunden bestätigt. Am 17. November 1672 erteilte ihm der Stadtrat von Leyden die Erlaubnis, de neringh van openbare herbergh d. h. „das Gewerbe einer öffentlichen Herbergswirt- die letzten Jahre seines Lebens mag also ein Teil der lustigen Geschichten und der tollen Streiche, die Houbraten und nach ihm Campo Weyerman erzählen, auf Wahrheit beruhen. Aber nur ein Teil. Vielleicht wird Houbraken darin recht haben, daß Jan Steen auch durch den Umstand zu der Rückkehr nach Leyden veranlaßt worden ist, daß ihm sein Vater ein Haus hinterlassen hatte, in welchem er dann soll die Frau Witwe Maritje Herculens auf dem Markte einen Handel mit gekochten Hammelsköpfen und -füßen betrieben haben,

später seine Kneipwirtschaft einrichtete. In betreff der Persönlichkeit der zweiten Frau des Meisters steht aber Houbrakens Erzählung im Widerspruch mit den Urkunden. Danach und da Jan Steen ihr guter Kunde war, aber trotz aller Mahnungen niemals Geld zahlte, so machte er schließlich kurzen Prozeß und heiratete die lästige Mahnerin, die ihren Handel übrigens noch eine Zeitlang fortgesetzt haben soll. Überdies brachte sie zu den sechs Kindern Jan Steens noch zwei eigene hinzu. Einmal wollte sie auch, so erzählt Houbraken, von der Kunst ihres

de Moor, ein Schüler von Dou und Mieris, für ihn ein. Er malte die Frau in ihrem Sonntagsstaate, und als Jan Steen das Bild zu sehen bekam, gab er wohl seine Zufriedenheit zu erkennen, behauptete aber,

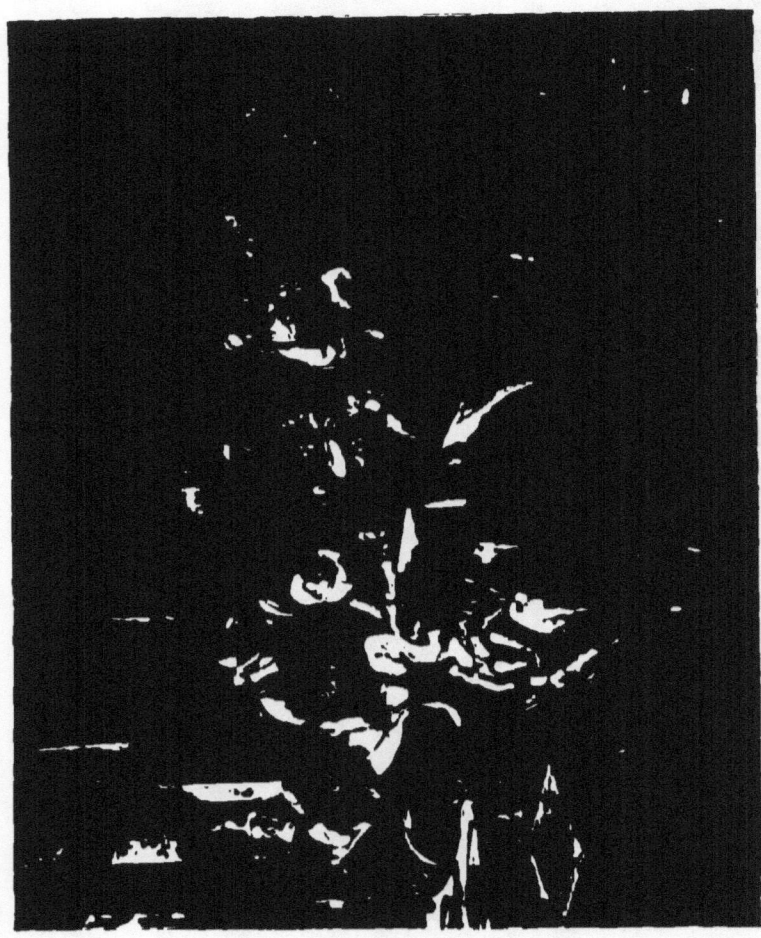

Mannes persönlich profitieren. Sie wollte von ihm ihr Bildnis gemalt haben; aber trotz allen Drängens ließ sich Jan Steen, der gegen Bildnisse wirklich eine große Abneigung gehabt zu haben scheint, nicht dazu bewegen. Endlich trat einer der Maler, die in seinem Wirtshause verkehrten, Karel

daß an dem Bilde noch etwas fehle. Flugs nahm der Spaßvogel seinen Pinsel zur Hand und malte der Frau einen großen Korb mit Hammelsköpfen und -füßen an den Arm.

Solcher Späße und lustigen Abenteuer erzählen Houbraken und Weyermann noch manche. Sie sind aber meist so derber Natur, daß man sie vorsichtig ins Teutsche übertragen muß. Er hatte einst gehört, von dieser holländischen Lieblingsspeise und ließ seine Jungen essen, soviel sie konnten. Nach einigen Tagen waren die Heringe

Abb. 26. Das Familienmahl. Im Louvre zu Paris.
(Nach einer Originalphotographie von Braun, Clément & Cie. in Dornach i. E., Paris und New York.)

daß man allgemein glaubte, man könne sich an gebratenen Heringen leicht krank essen, ja sogar die Pest davon bekommen. Um der Sache auf den Grund zu kommen, kaufte er eines Tages einen ganzen Karren verzehrt, ohne daß jemand krank geworden wäre, und Jan Steen lachte die Leute aus, die solchen Unsinn geglaubt hatten! Im Museum zu Brüssel befindet sich ein „das galante Anerbieten" betiteltes Bild des

Abb. 27. Eine Festbeigerei. Im Reichsmuseum zu Amsterdam.

Meifters, auf dem der Hering eine Haupt-
rolle fpielt (Abb. 16). Der junge Mann,
der lachend durch die geöffnete Thür in
ein bürgerliches Zimmer hüpft, hält trium-
heringe, deren erftes Erfcheinen noch heute
auf den holländifchen Fifchmärkten mit Jubel
begrüßt und mit einer Hauffe gefeiert wird.
Zur Illuftration der liederlichen Wirt-

Abb. 20. Der Streit beim Spiel. Im königl. Mufeum zu Berlin.

phierend in der erhobenen Linken einen
Hering, um ihn der behäbigen Frau des
Haufes anzubieten, und als Zukoft hat
er ein paar Zwiebeln mitgebracht. Viel
leicht ift es einer der köftlichen Matjes-
fchaft, die bei Jan Steen geherrfcht haben
foll, erzählt Weftermann noch folgendes
Gefchichtchen. Jan Steen war fo forglos,
daß er niemals fein Haus verfchloß. Als
er eines Tages erwachte, wurde er zu

seinem Schrecken gewahr, daß alle seine und seiner Kinder Kleider vor den Betten weggestohlen worden waren, und da die lustige Gesellschaft nur so viele Kleider besaß, als sie auf den Leibern trug, mußte einer der Jungen nackt auf die Gasse hinaus, um von den Nachbarn Kleider zu borgen. Und am Fenster im Mittelgrunde links. Mit übergeschlagenem linken Bein sitzt er, wie immer aus vollem Halse lachend, auf einem Stuhle und spricht mit einer bejahrten Frau, vielleicht mit seiner Schwiegermutter, die erst 1672 starb und noch so viel besaß, daß sie ihren Enkelkindern etwas vermachen

Abb. 19. Der Wirtshausgarten. Im königl. Museum zu Berlin.
Nach einer Photographie von Franz Hanfstängl in München.)

zur weiteren Erhärtung dieser und anderer Geschichten von Jan Steens liederlicher Wirtschaft wird dann noch ein Bild in der Galerie des Haag herangezogen, das des Meisters eigenes Wirtshaus darstellt, in dem es allerdings sehr bunt zugeht, freilich nicht viel anders, als in allen holländischen Wirtshäusern der damaligen Zeit, die wir aus gleichzeitigen Bildern kennen (Abb. 17). Daß es Jan Steens eigene Wirtschaft ist, beweist seine Anwesenheit konnte. Im Vordergrunde links am Kamin ist eine Magd beschäftigt, Austern zu backen und mit Citronensaft zu beträufeln. Dahinter hält der Großvater einen der Enkel auf dem Schoße. In der Mitte macht ein weißhaariger Gast der lächelnd abwehrenden Wirtin den Hof, und überall spielen Kinder, Hunde und Katzen herum. Man muß sich aber vergegenwärtigen, daß die Wirtsstube, die gewöhnlich, wie noch heute in holländischen Städten, das ganze Erdgeschoß der schmalen Häuser einnahm, zugleich der Wohnraum der Wirtsfamilie war. Die Seite nach der Straße zu war bei gutem Wetter immer offen, wie wir es ebenfalls noch heute in Holland so gut wie in Italien beobachten können, und nur bei Regen, Nebel oder Kälte wurde die Stube durch einen Vorhang aus Segeltuch oder derbem Wollenstoff gegen die Straße dessen „vlämische Buntheit" sich auch bisweilen auf Werken Jan Steens findet, dann den mit Kartenspielern und anderen Gästen dicht gefüllten Raum mit dem Violinspieler im Vordergrunde (ebendaselbst, Abb. 19), und die beiden großen Hallen, die vermutlich in ländlichen Wirtshäusern zu suchen sind, zu denen die Stadtbewohner, um sich in großem Stile zu belustigen, an Sonn

Abb. 20. Das Mahl. In den Uffizien zu Florenz.
Nach einer Originalphotographie von Braun, Clément & Cie. in Dornach i. E., Paris und New York.)

abgeschlossen. Auf Jan Steens Bilde ist er oben zusammengerafft, so daß Sonne und Licht und vor allem recht viele Gäste hinein können. Solcher Wirtsstuben, in denen es nicht weniger unordentlich aussieht, hat Jan Steen viele gemalt. Wir führen unseren Lesern nur vier Exemplare vor Augen: die Wirtsstube mit den Karten spielern im Buckinghampalast zu London (Abb. 18), ein Bild, das in seiner ganzen Komposition und in der Charakteristik der Figuren an den jüngeren Teniers erinnert, und Festtagen wallfahrteten (Abb. 20 und 21). In beiden ist das Vergnügen bereits in vollem Zuge. Die Geister das Weines und des Bieres haben das Blut zum Wallen gebracht. In toller Lust wird drinnen und draußen auf dem Vorplatz unter der Linde getanzt. Manch derber Spaß, manche Zudringlichkeit wird gewagt, und mit echt holländischer Gelassenheit und Ungeniertheit üben die Mütter ihre Pflichten gegen die Säuglinge aus. An der Musik darf es natürlich nicht fehlen, und neben der Geige

Abb. 34. Der Quackfalber. Im Reichsmuseum zu Amsterdam.

erscheint das ländliche Hauptinstrument, die Sackpfeife.

Wenn es dann abends nach Hause ging, oft unter sehr beschwerlichen Umständen, war der Vorrat an Übermut und froher Laune noch keineswegs erschöpft. Solch eine „fröhliche Heimkehr" von einem ländlichen Wirtshause schildert uns ein Bild im Reichsmuseum zu Amsterdam (Abb. 22).

Boot hineinzubugsieren sucht. Am Kiel sitzt ein Knabe, der die Flöte bläst. Es fehlt also auch bis zum Schluß nicht an Musik. Im Hintergrunde, über den Büschen am jenseitigen Flußufer, sieht man noch die schlanke Spitze eines Kirchturms, die vielleicht das Ziel der lustigen Fahrt andeutet. Was für ein trefflicher Landschaftsmaler war doch Jan Steen, obwohl er die

Abb. 22. Die Rhetoriker. Im königl. Museum zu Brüssel.

Das Wirtshaus liegt auf einer Landspitze, die in den Fluß — es ist vermutlich der alte Rhein bei Leyden - vorspringt. Ein vorüberfahrender Kahn, der schon mehrere Insassen enthält, hat in Erwartung neuer Passagiere angelegt, und sie sind auch schon zur Stelle, vermutlich die letzten Gäste, von denen wenigstens noch einer so viel Besinnung hat, um sich höflich von den Wirtsleuten zu verabschieden. Desto schlimmer ist es mit dem trunkenen Falstaff bestellt, den seine nicht viel magrere Ehehälfte mit süßen Schmeicheleien in das schwankende

landschaftlichen Hintergründe nur so beiläufig behandelte wie die gelegentlich hingeworfenen Stilleben!

Wollte er aber wirklich auf seinen Bildern moralisieren, wollte er wirklich zeigen, was eine liederliche Wirtschaft ist, dann zog er ganz andere Register auf, so daß keinem Beschauer ein Zweifel an seiner Absicht ankommen konnte. Da gibt es ein Bild im Louvre, das unter dem Titel „Schlechte Gesellschaft" nicht ein zufälliges Abenteuer, sondern eine Scene darstellt, für die schon das Evangelium des Lukas den Typus in der Geschichte vom verlorenen Sohn aufstellt, der sein väterliches Erbe in leichtfertiger Gesellschaft verpraßt (Abb. 23). Was dem jungen Mann von den beiden Kumpanen im Hintergrunde im Kartenspiel übriggelassen worden ist, wird ihm von den beiden Dirnen abgenommen, die ihren Raub noch mit der alten Kupplerin teilen, während der Geplünderte im Schoße der einen,

auf der Tafel zu lesen, die rechts an der Treppe lehnt. Darauf steht geschrieben: „In Weelde Siet too," d. h. im Wohlstande seht euch vor, will sagen: spart, und darunter ist eine Rechnung gemacht, deren Sinn der ist, daß alles Geld daraufgegangen ist. In der Mitte sieht man wieder den „verlorenen Sohn," den jungen Wüstling, der mit einer Dirne lost und der Warnungen

Abb. 23. Der Bäcker Arent Oostwaard. Im Reichsmuseum zu Amsterdam. Nach einer Originalphotographie von Braun, Clément & Cie. in Dornach i. E., Paris und New York.

wie Simson bei Delila, seinen Rausch ausschläft. Den klassischen Typus der schlechten Wirtschaft hat Jan Steen aber in einem unter dem Namen „Liederliches Leben" bekannten Bild der kaiserlichen Galerie in Wien (Abb. 24) aufgestellt. Hier geht alles drunter und drüber, und um über die Darstellung und die mit ihr verbundene moralische Absicht nicht den geringsten Zweifel zu lassen, hat der Meister es mit Allegorien und Sinnbildern so vollgepfropft, daß es sich der Mühe lohnt, dieses Bild im einzelnen zu studieren. Das Leitmotiv ist

spottet, die ihm eine Alte mit drohend erhobenem Finger zuruft. Hinter ihm steht ein gebückter älterer Mann, auf dessen Schulter eine Ente steht. Es steckt darin ein holländisches Wortspiel, da eend (die Ente) und eind (das Ende) ähnlich klingen. Die Gruppe links versinnlicht die Folgen der schlechten Wirtschaft im Familienleben. Die Mutter ist eingeschlafen, und die Mäuse tanzen, wie es im Sprichwort heißt, auf dem Tisch. Vorn links läuft der Wein aus dem Faß, weil der Hahn fehlt, den das Schwein im Vordergrunde rechts gefunden

Abb. 24. Die Scheuermagd. Im Reichsmuseum zu Amsterdam.
Nach einer Originalphotographie von Braun, Clément & Cie. in Dornach i. E., Paris und New York.

hat und im Maule herumträgt. Das jüngste Kind im Stuhl hat seinen Eßnapf zur Erde geworfen, der Hund ist auf den Tisch gesprungen und frißt von der Pastete, der Knabe versucht hinter dem Rücken der Mutter eine Tabakspfeife und ein älteres Mädchen sucht sich heimlich aus dem Wandschrank irgend eine Kostbarkeit anzueignen. Ein Affe ist auf den Kleiderriegel in der Ecke geklettert und spielt mit einem der Uhrgewichte, und in der Küche, in die man durch den offenen Bogen blickt, ist der Braten in das Feuer gefallen. In dem von der Decke hängenden Korbe sieht man allerhand Gegenstände, die auf die Straße für das Laster, auf Armut und Elend hin deuten: eine Rute, einen leeren Geldbeutel, eine Krücke u. dergl. m. Daß zu dieser tollen Wirtschaft noch ein lachender Fiedler aufspielt, ist ein Extraspaß des geistreichen Satirikers, der selbst an der grellen Schilderung lasterhaften Lebens noch etwas zum Lachen findet.

Das Bild trägt auf dem Weinfaß den Namen Jan Steens und die Spuren einer Jahreszahl, von der jedoch nur die beiden ersten, das Jahrhundert bezeichnenden Zahlen erkennbar sind. Wie aus dem Inventar der Wiener Galerie hervorgeht, hat man früher aber noch deutlich „1663" gelesen. Danach hätte der Meister also auch dieses Bild in seiner besten, der Haarlemer Zeit gemalt, also noch lange, bevor er selbst die Kneipe in Leyden aufgemacht hat, und zu den Werken aus dieser Periode stimmt auch die überaus sorgsame und fleißige Durchführung des Bildes mit seiner Überfülle von Einzelheiten.

Die kaiserliche Galerie in Wien besitzt noch ein zweites Bild, auf welchem der satirische Schelm ein paar seiner besten Trümpfe ausgespielt hat. Es ist eine Scene aus einer Bauernhochzeit, der Augenblick, wo der Bräutigam sich mit der Braut aus dem Schwarm der Gäste zurückziehen will, um sich zur Ruhe zu begeben (Abb. 25).

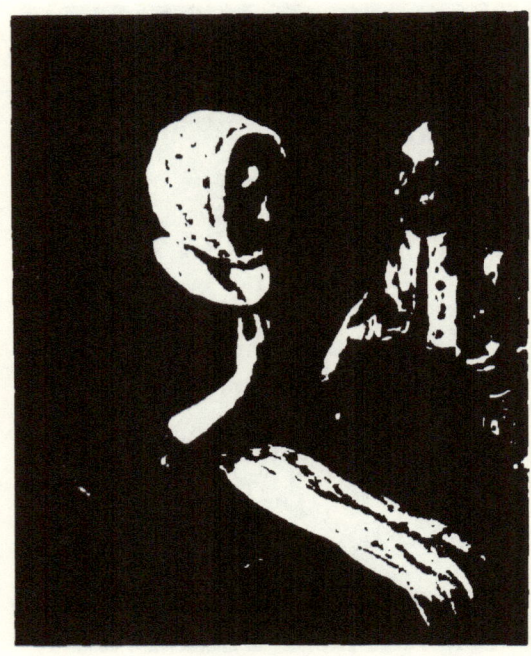

Abb. 35. Das Trinkerpaar. Im Reichsmuseum zu Amsterdam.
(Nach einer Photographie von Franz Hanfstängl in München.)

Wir haben oben (S. 60) gesehen, daß Jan Steen dasselbe Motiv schon einmal in seiner Jugend behandelt hat, und auch das Wiener Gemälde ist ein Jugendbild des Meisters, da es bereits 1651, als Jan Steen fünfundzwanzig Jahre alt war, von dem Erzherzoge Leopold Wilhelm, dem großen Kunstsammler, dem David Teniers d. J. als künstlerischer Beirat zur Seite stand, von Brüssel nach Wien geschickt worden ist. Aber welch ein Unterschied besteht zwischen beiden Bildern! Während es auf dem Dessauer Gemälde zwei junge, blühende Leute sind, die den Bund für das Leben geschlossen haben, sehen wir auf dem Wiener Bilde inmitten ausgelassener Lustigkeit den Keim zu einer Tragödie: eine erzwungene Heirat zwischen einem in erster Jugend prangenden Mädchen und einem bejahrten, häßlichen Manne mit auffallend großer Nase, der mit täppischer Zudringlich-

keit von seinem Eigentum Besitz ergreifen will. Sinnend hebt die junge Frau, die noch zögernd an der Schwelle steht, die Hand zur Stirne empor; aber es ist zu spät, und schon drängt sie ein übermütig lachender Knabe dem Manne zu. Die Wärmpfanne in der Hand dieses Knaben ist sicher ebensosehr eine satirische Anspielung wie das von Kränzen umwundene Geweih an der Wand hoch oben über dem Kopfe des Ehemannes. Auch die übrige Hochzeitsgesellschaft macht unzweifelhaft ihre boshaften Glossen über das ungleiche Paar, wenn sie auch der Einladung des Hochzeiters mit Freuden gefolgt ist und den ihr reichlich vorgesetzten Speisen und Getränken nach holländischer Art alle Ehre angethan hat. Mit den Augen eines modernen Kulturmenschen, dessen Schicklichkeitsgefühl zu einer oft übermäßigen Feinheit und Empfindlichkeit entwickelt ist, darf man freilich solche holländischen Gastereien nicht ansehen. Nicht bloß unter den wohlhaben den Bauern, sondern auch in der besseren bürgerlichen Gesellschaft ging es bei Lust barkeiten höchst ungebunden zu, und selbst junge Mütter lassen sich lächelnd manche Derbheiten junger Leute gefallen, denen der Wein zu Kopfe gestiegen, wie wir es z. B. auf einem Bilde im Louvre beobachten

Museum (Abb. 28). Auch hier ist es wieder ein Mann in städtischer Tracht, der mit einem schlauen Bauern in Streit geraten ist und seinen Degen zieht, woran ihn eine Frau und ein Kind zu hindern suchen, während ein älterer Mann ihn mit Worten zu beschwichtigen sucht. Da seinem Gegner aus dem Dorfe Leute zu Hilfe gekommen sind, wird die Situation so bedrohlich, daß

Abb. 26. Die Katzentanzstunde. Im Reichsmuseum zu Amsterdam.
Nach einer Photographie von Franz Hanfstängl in München.

können (Abb. 26). Den Anblick der Fol gen wüster Völlerei, der sozusagen zu dem eisernen Bestand auf den Kirmes darstellungen der vlämischen Sittenmaler gehört, hat uns Jan Steen erspart. So geht es auch auf einer zweiten Bauernhochzeit des Meisters, auf der die Paare eben zum Tanze antreten, noch höchst manierlich zu (Abb. 27). Wirtshausstreitigkeiten kommen bei ihm häufiger vor. Einen Streit beim Kartenspiel haben wir schon oben kennen gelernt, einen zweiten besitzt das Berliner

ein friedlicher Pilgersmann, den die Mu scheln auf seinem Mantelkragen als solchen kennzeichnen, es für geraten hält, das Weite zu suchen.

Die Scene geht in dem Garten eines ländlichen Wirtshauses vor, und diese länd lichen Wirtshäuser, in denen die in ihre engen Häuser gepferchten Städter den sel tenen Genuß der Natur mit den unent behrlichen materiellen Genüssen verbinden konnten, scheinen Jan Steens besondere Schwärmerei gewesen zu sein. Ein sprechen

Abb. 37. Familienscene. Im Reichsmuseum zu Amsterdam.
(Nach einer Originalphotographie von Braun, Clément & Cie. in Dornach i. E., Paris und New York.)

des Zeugnis dafür bietet ein zweiter Wirtshausgarten desselben Museums, in dem
es im Gegensatz zu jenem ersten überaus
friedlich und idyllisch zugeht (Abb. 29).
Der Mann auf der Bank im Vordergrunde,
der in überaus behaglicher Stimmung
einen Hering abzieht, ist nämlich Jan
Steen selber. Es ist nicht mehr der aus
gelassene Bacchus, den wir früher kennen

gelernt haben, sondern ein gesetzter Mann.
Aber er läßt sich alles Gute noch in alter
Genußfähigkeit schmecken, und seinen Humor
hat er auch noch nicht verloren. Sein
ganzes Äußere macht einen durchaus so
lieben Eindruck und straft die Chronisten
Lügen, die soviel von seinem Leben in Ver
kommenheit, Schmutz und Elend zu erzählen
wissen. Nicht minder idyllisch ist der Wirts

7*

hausgarten in den Uffizien zu Florenz (Abb. 30), in dem ein junges Liebespaar eine Abendmahlzeit zu sich genommen hat und jetzt in behaglicher Ruhe dem Spiele eines jungen Fieblers lauscht, der von das auf ein inniges Verhältnis des Meisters zur Natur schließen läßt. Das offenbart sich auch auf der großen figurenreichen Dorfscene im Amsterbamer Reichsmuseum (Abb. 31), wo ein Quackjalber unter einer breitästigen

Abb. 33. Die lustige Familie. Im Reichsmuseum zu Amsterdam. (Nach einer Originalphotographie von Braun, Clément & Cie. in Dornach i. E., Paris und New York.)

einem Wirtshaus zum anderen zieht. In den landschaftlichen Teilen dieser Wirtshausbilder — die obenerwähnte abendliche Heimkehr vom Wirtshaus gehört auch dazu — spricht sich eine starke poetische Empfindung, ein warmes Naturgefühl aus, Linde eine Estrade aufgeschlagen hat, auf der er und seine beiden Kumpane unter lauter Anpreisung der wunderbarsten Heilmittel ihr schwindelhaftes und in jedem Falle für ihre Opfer schmerzhaftes Gewerbe treiben. Von allen Seiten kommen die Bresthaften

Abb. 31. Der Papageienkäfig. Im Reichsmuseum zu Amsterdam.

herbei und bringen dem Marktschreier ihren Tribut in Gestalt ihrer ländlichen Produkte im voraus dar. Eine Frau fährt sogar ihren lahmen Mann, der sich aber auf dem Transporte von Krug und Becher nicht zu trennen vermocht hat, auf einer Karre heran. Oder sollte der Wundermann auch ein Heilmittel für unverbesserliche Trunkenbolde haben?

Dieses Bild versetzt uns ganz in die Atmosphäre der Bauernbilder des jüngeren Teniers, mit dem Steen nicht bloß in der sorgsamen und feinfühligen Durchbildung der landschaftlichen Umgebung, sondern auch bisweilen in der lustigen Buntheit des Kolorits bei freilich breiterer und kräftigerer Behandlung verwandt, dem er aber in der Kraft, Mannigfaltigkeit und Tiefe der Charakteristik und in der frischen Ursprünglichkeit des Humors weit überlegen ist.

Auch das „Fest der Rhetoriker" im Museum zu Brüssel (Abb. 32) gehört zu den Bildern des Meisters, die ländliche Vergnügungen darstellen. Man darf keineswegs glauben, daß über den vlämischen und holländischen Eß- und Trinkgelagen die geistigen Interessen vernachlässigt wurden. Im Gegenteil. Während des XVI. und XVII. Jahrhunderts hat es in den südlichen und nördlichen Niederlanden im Verhältnis zur Bevölkerungszahl mindestens ebenso viele Vereine gegeben, die Poesie und Musik pflegten, wie gegenwärtig in unserem mit litterarischen und geselligen Vereinen besonders gesegneten Teutschland. Es gab keine Stadt in den Niederlanden, die nicht eine oder mehrere „Redner- oder Rhetoriker kammern" besaß. Sie sind am ehesten unseren litterarischen Zirkeln oder Lesekränzchen

Abb. 40. Die Liebeskranke. Im Reichsmuseum zu Amsterdam.
(Nach einer Originalphotographie von Braun, Clément & Cie. in Dornach i. E., Paris und New York.)

zu vergleichen. Ihre Mitglieder übten sich
nicht bloß im freien Vortrag, in der Rede-
kunst, sondern sie lasen sich auch gegenseitig
ihre poetischen Erzeugnisse vor. Auch war
den Preise auf die besten Gedichte ausgesetzt,
und im Sommer wurden gemeinschaftliche
Ausflüge auf das Land veranstaltet, wobei
dann freilich die Pflege der Poesie mehr
in den Hintergrund trat. Einen solchen
Sommerausflug eines Rhetorikervereins nach
einem ländlichen Wirtshaus, dessen redendes
Aushängeschild ein Baumzweig mit Zinnkrug
und Becher ist, schildert uns das Brüsseler
Bild, mit sichtlicher Verspottung dieser Mei-
stersänger aus dem Stande der kleinen Bürger
und Handwerker. Die Preisverteilung hat
stattgefunden, und der durch eine Schärpe
ausgezeichnete Präsident des Vereins liest,
auf die Fensterbank gestützt, das mit dem
Preise gekrönte Gedicht den draußen stehen-

den Bauern vor, die ihm verständnislos
mit höhnischem Lachen zuhören. Hinter
dem Vorleser steht der Fahnenträger, der
mit dem Präsidenten noch allein die Würde
des Vereins aufrecht erhält. Denn die
anderen Vereinsbrüder haben sich längst
materielleren Genüssen gewidmet. Einer
von ihnen, der die Züge des jungen van
Steen trägt und dessen Narrenkappe ihn
vermutlich als den Possenreißer der Gesellschaft kennzeichnen soll, mißbraucht sogar den feierlichen Moment, um die Auf-
wärterin zu einer Lieblosung zu nötigen.
Ihr lachendes Gesicht zeigt übrigens, daß
ihr solche Zudringlichkeiten keineswegs un-
gewöhnliche Erlebnisse sind.

Jan Steen hat das gesamte Stoffgebiet
der niederländischen Genremalerei, mit Ausnahme des Soldatenbildes, beherrscht. Wir
haben schon die Namen Brouwer,' Jor-

Abb. 41. Der Besuch des Arztes. Im königl. Museum im Haag.
Nach einer Photographie von Franz Hanfstängl in München.)

baens, Teniers, Terborch und Dou ge
nannt, um damit gewisse Höhepunkte der
Steenschen Kunst mit bekannten Namen
anzudeuten. Wir können noch Metsu hin-
zufügen, wenn wir uns der beiden Halb-
figuren im Reichsmuseum zu Amsterdam
erinnern (Abb. 33 und 34), von denen
die eine nach der Überlieferung den Bäcker
Arent Costwaard vor seiner Verkaufsbude,
die andere eine Magd darstellt, die mit
dem Blankputzen des metallenen Hausrats
beschäftigt ist, dabei aber ebenso freundlich
blickt wie der Bäcker bei seinem Brot. Die
bedächtig aus einem spitzen Selstglase trin-
kende, junge Frau auf einem Bilde des
Reichsmuseums (Abb. 35) ist in ihrer
scheinbaren Unzugänglichkeit wieder eine
echt Terborchsche Gestalt. Aber der un-

geduldige Herr mit den begehrlich funkeln-
den Augen, der auf sie einredet, ist doch
ein ganz eigenes Gewächs Jan Steens,
und Bilder aus dem Kinderleben hat keiner
der niederländischen Maler so naiv, liebens-
würdig, so tief aus innerster Empfindung
heraus gemalt wie er. Die Tanzstunde
des Kätzchens (Abb. 36) ist vielleicht das
einzige wirkliche „Kinderbild," das uns
die niederländische Malerei der klassischen
Zeit hinterlassen hat. Wir lassen dabei
natürlich die Porträtgruppen von Kindern,
die auf Bestellung gemalt worden sind,
außer acht. Vielleicht ist aber auch dieses
Genrebild eine Porträtgruppe. Denn die
dicken Buben an der linken Seite finden wir
häufig auf den Bildern unseres Meisters,
und auch die drei anderen Kinder tragen

Abb. 48. Arzt, eine kranke Frau besuchend. Im königl. Museum im Haag.
(Nach einer Photographie von Franz Hanfstängl in München.)

so deutlich das Gepräge Jan Steens, daß wir wohl in der Vermutung nicht irren, daß der Maler uns hier wieder ein Stück aus seiner eigenen Häuslichkeit vor Augen geführt hat. Es war überhaupt seine Art, die Modelle zu den Figuren seiner Bilder aus dem Kreise seiner eigenen Familie zu nehmen, vielleicht aus Bequemlichkeit, viel leicht auch, weil er irgendwo anders keine besseren, jedenfalls keine geduldigeren und billigeren finden zu können glaubte. Trotz dem hat man nicht den geringsten Grund, seinen Bildern Einförmigkeit in den Typen vorwerfen zu dürfen. Man betrachte nur die beiden Familienscenen im Reichsmuseum zu Amsterdam, die unsere Abbildungen 37 und 38 wiedergeben. Die erste zeigt uns wieder Jan Steens eigene Familie in der erster Zeit seines Ehestandes mit all den wohlvertrauten Figuren, mit der höchsten Feinheit und Liebe gemalt, deren Jan Steen fähig war. Die junge Mutter mit dem auf dem Tische stehenden Kinde ge mahnt uns geradezu an ein Madonnenbild eines italienischen Meisters, und die junge Frau in der Pelzjacke, die sich über die Lehne ihres Stuhls zurückbeugt und dem Beschauer ihr pikantes, lichtumflossenes Profil zukehrt, ist eine der anmutigsten Gestalten, die jemals dem Pinsel des Mei sters entflossen sind. Nicht eine einzige dieser Figuren kehrt auf dem zweiten Bilde (Abb. 38) wieder, das unter dem Namen „die fröhliche Familie" bekannt ist, aber unzweifelhaft das niederländische Sprich wort „Wie die Alten sungen, so pfeifen

Abb. 48. Die Liebeskranke. Im großherzogl. Museum in Schwerin.

die „Jungen" illustrieren soll. Es ist wieder ein Bild in der Art des vlämischen Meisters Jakob Jordaens, aber weit weniger grimassenhaft und übertrieben im Ausdruck, bis in den kleinsten Zug aus dem wirklichen Leben geschöpft und von unbeschreiblicher Feinheit in der Beobachtung jeder einzelnen Person.

Das höchste Maß von Anmut, dessen Jan Steen fähig war, hat er wohl in der obenerwähnten „Menagerie," in einigen Doktorscenen und in dem berühmten „Papageienkäfig" im Reichsmuseum zu Amsterdam (Abb. 39) erreicht. Die Triktrakspieler rechts und die am Herde links stehende Frau, die Austern bäckt, deuten wohl darauf hin, daß der Schauplatz eine Wirtsstube ist. Im Vorübergehen, die Weinkanne in der Linken, erhebt die junge Auswärterin die Rechte, um dem Papagei, der sich aus seinem metallenen Bauer herabneigt, einen Lederbissen zuzustecken. Wer eine so lässige und doch anmutige Bewegung mit so unübertrefflicher Wahrheit und Richtigkeit in

Zeichnung und Modellierung wiederzugeben weiß, der kann seine künstlerische Weisheit nicht allein in Wirtshäusern geholt haben, und wenn Houbraken erzählt, daß Künstler wie Franz van Mieris, Arie de Vois, Jan Lievens, der Nachahmer Rembrandts, Quirin Verkolenkamp und andere seine Gesellschaft gesucht hätten, so geschah es sicherlich nicht bloß, weil er ein lustiger Zechkumpan war, sondern weil sie alle auch von ihm etwas lernen konnten.

Die Doktorbilder nehmen im Gesamtwerke Jan Steens einen breiten Raum ein. Im Gegensatz zu Molière richtet er aber seine Satire nicht gegen die Ärzte, sondern meist gegen die Kranken. Es mochte doch selbst ihm über den Spaß gehen, die gelehrten Herren, die er in ihrer steifen, feierlichen Würde täglich auf den Straßen der Universitätsstadt Leyden spazieren sah, zur Zielscheibe seines Spottes zu machen. Die Ärzte erscheinen denn auch auf diesen Bildern, die fast immer nur Krankenbesuche bei jungen Mädchen und Frauen darstellen, als überlegene Menschenkenner, die mit einem Blick den Sitz des Übels herauszufinden wissen und das Ergebnis ihrer Diagnose in den Vers zusammenfassen: Hier baet geen medecyn -- het is der minne pyn, d. h. Hier hilft den wahren Grund seines Fiebers zu täuschen! Auf der einen „Doktorvisite" in der Galerie des Haag glauben wir um die Augen des Arztes bereits ein ironisches Lächeln zucken zu sehen (Abb. 41), während der Arzt auf dem zweiten dort be-

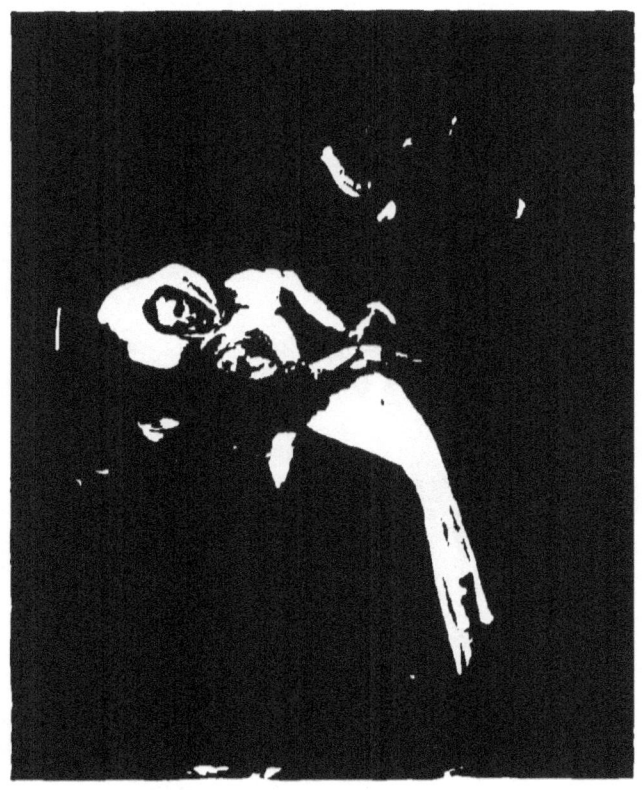

Abb. 11. Der Besuch des Arztes. In der Ermitage zu St. Petersburg.
Nach einer Originalphotographie von Braun, Clément & Cie. in Dornach i. E., Paris und New York.

fein Doktortrank; sie ist an Liebe krank. Das berühmteste Bild dieser Art besitzt das Reichsmuseum zu Amsterdam (Abb. 40), ein Meisterstück seiner Charakteristik und Durchführung aller Einzelheiten, besonders der Stoffe, der aber nichts Kleinliches und Gefallsüchtiges anhaftet. Wie schalkhaft ist das Lächeln des jungen Mädchens, das sich einbildet, den erfahrenen Arzt über findlichen Bilde dieser Gattung (Abb. 12 die Sache noch etwas ernster zu nehmen scheint. Auf einem Bilde im Museum zu Schwerin (Abb. 43), das uns, beiläufig bemerkt, einen Durchblick durch mehrere Räume gewährt, wie ihn nur noch Pieter de Hoogh bei gleich feiner Beleuchtung auf seinen bekannten Interieurs zu bieten vermochte, macht der Arzt zu der Mutter der

Kranken die deutliche Gebärde, daß er hier nichts helfen könne, und auf einem Bilde der Petersburger Ermitage (Abb. 44) wird er noch deutlicher, indem er der ihm befragenden Alten geradezu ins Gesicht lacht. Nur bei einem Bilde der Münchener Pinakothek (Abb. 45) könnte man denken, daß es sich um den Besuch eines Arztes bei einer wirklich kranken Dame handelte, deren Gesundheit vielleicht auch noch durch den empfangenen Brief, den sie in der Linken hält, eine neue Erschütterung erlitten hat, wenn nicht der Amor mit dem Pfeil, der oben auf dem Windfang an der Thür steht, uns eines anderen belehrte.

Einen Steenschen Quacksalber haben wir schon kennen gelernt, einen Goldmacher in seiner Hexenküche beobachten wir auf einem Bilde im Städelschen Museum zu Frankfurt a. M. (Abb. 46). Vielleicht ist die Frau, die weinend an ihn herantritt, eine vertrauensselige Auftraggeberin, die dem Hexenmeister ihre letzten Kleinodien anvertraut hat, die dieser eben mit vertröstender Gebärde in den Schmelztiegel gleiten läßt.

Abb. 45. Die Kranke und der Arzt. In der königl. Pinakothek zu München.
(Nach einer Photographie von Franz Hanfstängl in München.)

Wie bei David Teniers fehlten auch in dem reichen Repertoire Jan Steens die Quacksalber und die Alchemisten nicht.

Die drei Doktorbilder im Haag und in München (Abb. 41, 42 und 45) gestatten uns Einblicke in wohlhabende, ja vornehme Wohnungen, in denen neben gediegenem Mobiliar und sonstigem Hausrat auch die Kunst eine Stätte findet; Ölgemälde in Gold- und dunklen Holzrahmen an den Wänden, Marmorstatuetten auf den Kaminsimsen. Jan Steen hatte also nicht bloß Gelegenheit, in wohlhabenden Familien zu verkehren, sondern auch den Sinn für diese Gesellschaft und die Fähigkeit, sie mit derselben Wahrheit zu schildern, wie die Bauern in ihren Schenken und die unersättlichen Zecher in den städtischen Wirtshäusern ist es dann in das Museum zu Braunschweig gekommen. Houbraken setzt hinzu, daß Jan Steen zwar sehr wenig für dieses und andere Bilder erhalten habe; aber er sei immer zufrieden gewesen. Jetzt gehört dieses Bild zu den Kunstwerken, deren Wert sich in irgend einer Geldsumme gar nicht ausdrücken läßt, etwa eben-

Abb. 46. Der Alchemist. Im Städelschen Museum zu Frankfurt a. M.
(Nach einer Originalphotographie von Braun, Clément & Cie. in Dornach i. E., Paris und New York.)

schen Wirtshäusern. Das glänzendste Zeugnis für diese Seite seiner Begabung ist der berühmte „Heiratskontrakt" im Museum zu Braunschweig (Abb. 17), berühmt, weil es das schönste Bild Jan Steens ist, das sich in Deutschland befindet, und berühmt, weil es Houbraken in seiner Biographie des Meisters mit dem Bemerken erwähnt, daß es der Herzog Anton Ulrich von Wolfenbüttel gekauft habe. Aus dessen Besitz sowenig wie ein Hauptwerk Raffaels. Wenn wir diesen Namen zum Vergleiche nennen, machen wir uns übrigens keineswegs einer Übertreibung schuldig. Schon der englische Porträtmaler Sir Joshua Reynolds hat in einer seiner akademischen Reden gesagt: „Jan Steen hat in der Malerei einen prachtvoll männlichen Stil, der sogar zu raffaelischen Erfindungen passen könnte." Er meint damit nicht bloß Jan Steens Meisterschaft in der „Kom= position, in der Abwägung der Massen, in der Verteilung von Licht und Schatten," sondern auch „die außerordentliche Ent=

Kunst sind in dem „Heiratskontrakt" ver= eint: der Kontrast zwischen den sorgsam rechnenden Alten, die vor dem Notar das Heiratsgut festsetzen, und dem jungen Paar,

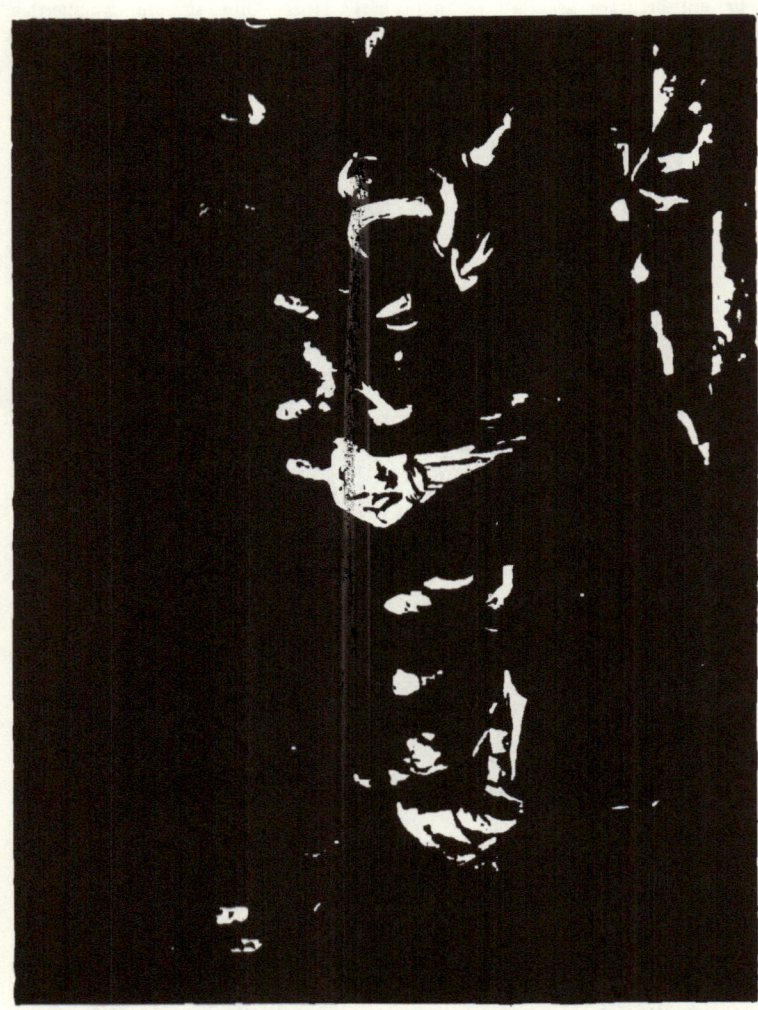

Abb. 47. Der Heiratskontrakt. Im herzogl. Museum zu Braunschweig.

schiedenheit, mit der er das innerlich und lebendig Angeschaute mit vollkommener Deut= lichkeit und aufs einfachste und angemessenste auf die Leinwand zu setzen versteht."

Alle diese Vorzüge Jan Steenscher

das in schwärmerischer Zärtlichkeit nur den Himmel offen sieht und alles Materielle weit von sich weist, und um diese einander widerstreitenden Interessen das zusammen= haltende Band der trockenen Prosa des

Abb. 43. Die Verstoßung der Hagar. In der königl. Gemäldegalerie in Dresden.
Nach einer Originalphotographie von Braun, Clément & Cie. in Dornach i. E., Paris und New York.

Alltagslebens, links die gleichgültig warten den Hochzeitsgäste, rechts die Vorbereitungen der Diener zum Hochzeitsmahl. In diese mischt sich auch ein Stück Satire. Das bejahrte Fräulein hinter dem Paare, das mit warnender Gebärde die Hand erhebt, scheint den Beteuerungen des jungen Bräutigams nicht recht zu trauen, und der Küfer, der eben den Spund aus dem Fasse zieht, blickt mit einem so verschmitzten Lächeln nach dem jungen Manne, daß man zu glauben geneigt ist, daß diese beiden schon manches Faß ausgestochen haben. Haben wir nicht auch hier ein Sittenbild mit moralischer Tendenz vor uns, etwa mit der Devise: „Wie gewonnen, so zer-

Abb. 49. Die Hochzeit zu Kana. In der königl. Gemäldegalerie in Dresden.
(Nach einer Photographie von Franz Hanfstängl in München.)

ronnen?" Fünfzig Jahre nach Jan Steens Tode malte der Engländer William Hogarth solche satirischen Bilder, die das Elend leichtsinnig geschlossener Ehen in allerlei Variationen schilderten. Vielleicht hat er Werke von Jan Steen gekannt, der mit seinen Darstellungen eigentlich schon mit prophetischem Blick über seine Zeit hinaus ging. Diese Richtung seiner Kunst charakterisiert Lemcke sehr treffend mit dem Satze: „Er gibt nicht kalte Allegorien, sondern Komödienscenen. Aber durch diese seine Art der Gedankenhaftigkeit ging er doch vielfach über seine Zeit hinaus, so zwar, daß, wer nur seine grotesken Scenen kennt, viele seiner Bilder nicht leicht in das XVII. Jahrhundert versetzen, sondern glauben wird, er habe einen merkwürdigen Zeitgenossen Hogarths, einen rätselhaften, scharfen Charakteristiker der Aufklärung vor sich. Sieht man doch Gestalten bei Jan Steen, die man erst Ende des vorigen Jahrhunderts geboren glaubt, leibhaftige Jakobiner- und Yankeefiguren, die durch ihn also schon in der damaligen Republik der Niederlande konstatiert werden."

Seine enge Verwandtschaft mit Hogarth ist wohl auch die Veranlassung gewesen, daß ein großer Teil der Bilder Jan Steens, obwohl ihr Inhalt meistens „shocking" ist, in englischen Privatbesitz gekommen ist und darin sehr fest gehalten wird. Was die Jakobinergestalten betrifft, so verweisen wir auf den „Prinzentag" (s. S. 68), wo an dem Tische links ein Gevatter mit einem aufgekrempten Zweispitz sitzt, den man ohne die geringste Veränderung in eine Versammlung des französischen Konvents von 1793 versetzen könnte.

Es ist selbstverständlich, daß dieser geniale Mann, der eigentlich alles konnte, auch an der biblischen Geschichte nicht vorübergegangen ist. Aber trotzdem daß er Katholik war, hat er sie doch mit denselben Augen angesehen wie seine protestantischen Volksgenossen, und in seiner Art behandelte er sie mit derselben subjektiven Willkür wie Rembrandt, ohne sich jedoch im geringsten an seinen berühmten Landsmann anzuschließen, in dessen Art zu malen ihn sehr wohl sein Freund Jan Livens hätte einweihen können. Aber es kann ihm gar nicht in den Sinn, mit Rembrandt zu wetteifern, dessen religiöse Bilder bei aller Subjektivität der Auffassung doch oft von erhabener Größe und tiefer Religiosität sind. Jan Steen fragt immer zuerst, was denn der Humor von der Geschichte ist, und selbst bei einem so ernsten Vorgang wie der Verstoßung der Hagar (Abb. 48) sorgte er dafür, daß es etwas zu lachen gab, indem er in der Hausflur die Mutter Sarah zeigte, die das Haupthaar ihres Knaben von lästigen Einwohnern befreit. Daneben gab ihm der malerische Reiz den Ausschlag, wobei er nicht einmal, wie Rembrandt, nach phantastischen orientalischen Kostümen suchte.

Er stellte die Figuren der biblischen Geschichte, ganz wie es die Niederländer des XV. Jahrhunderts gethan hatten, in den Trachten seiner Zeit dar, die ihm, zumal im Verein mit der Landschaft, genug Gelegenheit boten, den Reichtum seines Kolorits zu entfalten. So hat er einen Moses gemalt, der die Krone des Pharao zertritt, einen Moses in der Wüste, einen Simson, den die Philister eben gefangen haben (im Museum zu Antwerpen), eine Esther vor Ahasver (in der Ermitage zu St. Petersburg), Johannes den Täufer in der Wüste, den zwölfjährigen Christus unter den Schriftgelehrten im Tempel, das Gleichnis vom verlorenen Sohne u. a. m. Am liebsten scheint er aber die Hochzeit zu Cana dargestellt zu haben, von der wir mehrere Exemplare kennen. Eines davon besitzt die Dresdener Galerie (Abb. 49). Hier ist Jan Steen ganz in seinem Element. Die Gestalt des Heilands, der das Wunder bewirkt hat, ist ihm Nebensache. Die Hauptsache ist, daß der Wein in Strömen fließt, und so ist ihm unter der Hand das biblische Wunder zu einer Verherrlichung des Weins geworden. Weinlaub schmückt in mächtiger Guirlande den Thorbogen, durch den man in die Halle blickt, Weinlaub umrankt das Faß, an dem die junge, schon etwas trunkene Frau im Vordergrunde lehnt, die ihrem Knaben zu trinken gibt, und da es dem dicken Kellermeister trotz der Musikanten, die in der Loggia drinnen im Saal aufspielen, noch nicht lustig genug zugeht, hat er einen vorübergehenden Fiedler von der Straße hereingerufen und bietet ihm ein Glas Wein zu freundlichem Willkomm. —

Trotz seines Schankwirtsgewerbes ist Jan Steen bis in die letzte Zeit seines Lebens thätig gewesen. Ein Bild im Museum zu Rouen, das einen Oblatenverkäufer darstellt, trägt die Jahreszahl 1678. Auch diese Thatsache spricht gegen die Erzählung Houbrakens, nach der er in die Liederlichkeit und Völlerei verkommen sein soll. Er ist auch in dem Hause an der Langebrüg, das er von seinem Vater geerbt und worin er seine Kneipe eingerichtet hatte, gestorben. Am 3. Februar 1679 wurde er begraben, 53 Jahre alt. Seine Witwe blieb im Hause wohnen und ernährte sich dadurch, daß sie Zimmer an Studenten

vermietete. Erst später, anscheinend wegen
Erbteilung, wurde das Haus verkauft.
Jan Steen muß also, wenn er auch den
größten Teil seines Lebens mit Schulden
zu kämpfen hatte, wenigstens in geordneten
Verhältnissen gestorben sein.

So erscheint uns am Ende sein Bild
von dem Schmutze gereinigt, womit es
klatschsüchtige Anekdotenerzähler besudelt
haben. Wir behalten in der Erinnerung
die Gestalt eines lachenden Philosophen
zurück, der sich über alle Thorheiten dieser
Welt lustig machte und darin und im Weine
auch Trost für alles eigene Ungemach fand.

Litteratur.

Die erste kritische Untersuchung von Terborchs künstlerischem Entwickelungsgang, allerdings auf Grundlage der im Texte genügend charak-
terisierten Erzählung Houbrakens, hat W. Bode
im „Jahrbuch der kgl. preußischen Kunstsammlungen,“ Bd. II, 144—157 (Berlin 1881) und
danach in den „Studien zur Geschichte der holländ.
Malerei,“ S. 176—189 (Braunschweig 1883) gegeben. Die erste ausführliche Nachricht über die
Terborchsammlung im Besitze des Herrn Jebbinden
in Zwolle hat A. Bredius in der „Zeitschrift für
bildende Kunst“ 1883, S. 370 ff. gebracht. Derselbe hat auch zuerst den Brief des alten Terborch
an seinen Sohn im „Kunstfreund“ (Berlin 1885)
Nr. 15 veröffentlicht. Auf Grund eigener Studien in der Terborchsammlung und der gesamten Litteratur hat Emil Michel die Mono-
graphie: Gerard Terburg (Ter Borch) et sa
famille (Paris 1887) verfaßt. Die Charakteristik
Terborchs von Carl Lemcke findet sich in Dohmes
„Kunst und Künstler des Mittelalters und der
Neuzeit,“ Bd. II, S. 3—22 (Leipzig 1878).

Als charakteristisch für die hohe Wertschätzung,
die Terborchs Friedensbild bei seinen Kennern
gefunden hat, ist zu erwähnen, daß der berühmte
Maler E. Meissonier im April 1868, als das
Meisterwerk Terborchs mit anderen Bildern der
Sammlung Demidoff-Donato in Paris zur Versteigerung kam, eigens von Antibes, wo er damals wohnte, nach Paris reiste, um das Bild
zu sehen. Er stand eine Stunde lang davor und
erklärte schließlich, daß er jeden einzelnen Kopf
der Wäsche wert erachte, die 450 Wegstunden zu-
rückzulegen, die ihm diese Reise gekostet habe. —
Die Erzählung Houbrakens über Jan
Steen hat zuerst kritisch geprüft T. van West-
rheene. Die Ergebnisse seiner urkundlichen Forschungen u. s. w. hat er in der Schrift: Jan Steen.
Etude sur l'art en Hollande (Haag 1856) nieder-
gelegt. Weitere Urkunden haben van der Willigen,
Bredius u. a. veröffentlicht. Die Jugendbilder
des Künstlers und seinen Zusammenhang mit
der Schule von Haarlem hat zuerst Bode in den
„Studien zur Geschichte der holländischen Malerei“
S. 193—196 nachgewiesen. Die Charakteristik
Steens von Lemcke ist in Dohmes „Kunst und
Künstler des Mittelalters und der Neuzeit,“
Bd. II, S. 3—21 enthalten.

www.ingramcontent.com/pod-product-compliance
Lightning Source LLC
Chambersburg PA
CBHW032111010726
47493CB00008B/2544

* 9 7 8 3 7 4 4 7 0 5 8 3 7 *